KB061534

행복한 삼식이의

小笑한
생활 이야기

행복한 삼식이의

小笑한
생활 이야기

초판 1쇄 발행 2020년 3월 3일

지 은 이 문삼식
발 행 인 권선복
편   집 오동희
디 자 인 김소영
전 자 책 서보미
마 케 팅 권보송
발 행 처 도서출판 행복에너지
출판등록 제315-2011-000035호
주   소 (157-010) 서울특별시 강서구 화곡로 232
전   화 0505-613-6133
팩   스 0303-0799-1560
홈페이지 www.happybook.or.kr
이 메 일 ksbdata@daum.net

값 20,000원

ISBN 979-11-5602-787-4   (03810)

Copyright ⓒ 문삼식, 2020

도서출판 행복에너지는 독자 여러분의 아이디어와 원고 투고를 기다립니다. 책으로 만들기를
원하는 콘텐츠가 있으신 분은 이메일이나 홈페이지를 통해 간단한 기획서와 기획의도, 연락처
등을 보내주십시오. 행복에너지의 문은 언제나 활짝 열려 있습니다.

행복한 삼식이의

小笑한
생활 이야기

문삼식 지음

도서
출판 행복에너지

contents

우리네 인생살이 같으면
마땅히 자초지종과 시시비비를 가려야 할 것이나
따로 법과 규율이 없는 아담과 이브의 시대를 살아가는 디어
당신들과는 특별한 매개체가 없으니 딱히 보상할 방법도 없고
소통할 수 있는 언어도 없으니 어찌하리오.

- Dear Deer 中 -

1장

小笑한
생활
이야기

여신의 미소

한국에 있는 친구에게서 문자가 왔다.

지난밤 꿈자리에 여신이 나타나 미소를 짓고 계시를 한 것 같으니 로또를 사라.

마침 아메리카에서 어마어마한 도니가 걸린 로또가 있으니 그걸 사라는 거다.

여신이라니, 거기에 미소까지 흘렸다니 보통일이 아니다. 평범한 남자들은 집안에 계신 한 분도 간수하기 버거울 때가 많은데 이 친구 언제부터 여신까지 사귀었나, 대범한 재주꾼이다.

근데 계시를 했다는 여신이여, 그런 일로 오시려면 직접 본인한테 올 일이지 왜 하필이면 그 멀고 먼 한강변으로 빙 돌아오시었고, 그 말썽 많은 삼각형을 그리면서 오시나요. 그러나 그게 당신의 뜻이라면 원망은 않겠으니 점지만 확실히 내려 주옵소서.

곰곰 생각해 보니 아무래도 이 친구한테 무슨 일이 있었던 듯도 하다.

혹여 지난밤에 들려 한잔 했던 그 주막집 주모님이 내려놓은 눈웃음을 마음에 둘둘 말아 꿈나라로 가져간 것은 아닐까. 어쨌든 꿈 하나는 야무지다.

세기의 이벤트에 참가신청을 하란다.

무당벌레가 키득키득 웃는다. 무당들의 회합에서도 의견이 분분해 석 달 열흘을 두고도 못 내린 결론인데 푸닥거리 한 번 없이 예측권을 넘나들다니….

어쨌든 답신은 해야겠기에 현자의 가면을 빌려 쓰고 간단하게 회신을 한다.

"친구야 보아라. 로또는 벼락과 같아서 그걸 맞고 제 명을 채운 사람이 없으니 로또 맞기 망설여지니 참고하기 바란다."

회신을 하고 보니 여신까지 알현한 이 녀석, 아무래도 서운해할 것 같고 가만히 생각해 보니 둔자인 내가 명언을 해봐야 무슨 얘기인지 헷갈릴 테고 또 벼락 오면 혼자 맞지 않고 젖먹이 시절로 거슬러 올라가 고운 눈길 한 번이라도 준 고마운 분들을 추적하여 보은을 하다 보면 벼락의 강도도 줄어들 것이니 비록 제 명을 다 못 채운다 한들 그리 큰 부담이 아니 될 듯도 하다.

물론 내 몫은 엿장수 맘처럼 정할 것이다.

무당벌레들의 비웃음을 감내하며 로또 파는 편의점에 들러보니 웬 벼락맞고 싶은 사람들이 그리도 많은지, 눈빛을 보니 저마다 잭팟의 각오가 서려있다. 그러나 잭팟을 각오나 오기로는 잡을 수 없는 것. 최소한 돼지꿈이나 용꿈을 꾸었다면 그나마 희미하게 잭팟의 반열에 오를 수는 있으나 돼지나 용들은 신의 피조물들인지라 신보다 한 수 아래이니 밀릴 수밖에 없고 그중에서 제일 확실한 것은 전지전능하신 진짜 신의 점지인데 그 신들 중에서도 여신의 세력이 으뜸이지 않을까….

이런 상황인데 사람들은 신의 계시는커녕 개꿈이나 잔나비 꿈, 피래미 꿈들을 안고 와서 잭팟을 잡겠다고 라인-업 하고 있는 저 무리들은 분명 뜬구름 잡는 사람들임에 틀림없다.

모르긴 몰라도 저 사람들 역시 나를 보며 같은 생각을 할지도 모른다. 허나 어림도 없다. 신의 점지를 받은 사람, 그것도 여신의 계시를 받은 사람은 오직 한 사람, 울 친구밖에 없는데 내가 그의 대리인이다.

친구야, 이제 결전의 순간이 다가오는구나.

두 눈 질끈 감고 20불 투자하고 나니 이리 저리 생각이 참 많다. 잠시 산수공부를 해본다. 3억 5천만 달러, 고액권 벤자민 프랭클린 님으로 나열하면 대략 542.5km인데 서울에서 부산 찍고 다시 대구까지 간다 해도 남는다.

한국은행권으로 환산하면 곱하기 1,100을 해야 하고 미시경제원론으로 한 발자욱에 30cm라 계산하면 一步에 22만 원이니 도대체 이것이 돈인지 가을 설악산에 지천으로 널려있는 단풍잎인지 헤아릴 수 없는지라 계산을 포기하는 것이 현명할 듯하다.

어쨌든 이런 기회가 여신의 호의로 계속 이루어진다면 투자의 귀재 워런 버핏과 순위가 바뀔 수도 있다.

그를 따라 잡는 것은 시간문제, 네가 사귀는 그 여신이 눈웃음칠 때마다 그 미소는 마이다스의 손이 되어 황금으로 변한다.

친구야, 분명 '여신'이라 했지, 그럼 어떻게 해야 잘하는 일인지 너는 알고 있으리라….

계속해서 세계 제일의 투자가가 되는 거다.

비록 한 다리 건너지만, 한 다리면 어떻고 두 다리면 어떠랴, 여신이 내 손을 꼭 잡고 있는 양 고민이 시작된다.

뭘 할까, 어디에 쓸까.

저기 멀고 먼 하늘은행에 비자금 구좌 하나 만들어 하늘까지 가져갈까? 중국에 있는 대형 레베카사를 인수해 품질 좋은 제품을 착한 가격으로 공급해 뷰티업의 부흥에 한몫을 담당해?

알쏭달쏭한 잡념과 유혹들이 호객행위를 하며 매혹적인 장미꽃 한 다발씩을 내어놓고 있지만 나는 어느 시인의 말을 기억하고 있다.

"화려한 장미에는 가시가 숨겨져 있다."

심사하고 숙고하고, 아냐, 더 좋은 아이디어가 있을지도 모르니 결론은 일단 보류하기로 하자. 픽션과 논픽션을 적당히 버무려 놓고 논픽션 같은 픽션에 대비해 고민하고 스스로 대견해하며 더딘 하루를 보내고 있다.

서두르지 말고 천천히, 결과는 나중에 보기로 하자.

품 안에 있는 잭팟티켓, 허름한 지갑 속에 꼭꼭 숨겨두고 없는 척, 모르는 척, 기다려도 기다려도 오지 않는, 애타게 주인을 기다리는 머니들이 들썩거리며 떠나려 할 즈음, 무효되기 3일 전에 슬그머니 복권을 내미는 거다.

007 제임스 본드의 막바지 환희를 거머쥐는 거다. 얼마나 스릴 있는가….

시간은 다가오고 가위 바위 보.

이벤트가 크다 보니 모두들 궁금해 한다. 궁금한 만큼 소리 소문의 속도는 빨라지는 법. 다음 날, 성급한 매스컴에서 이미 누군가의 당첨 소식을 흘려버렸다. 번호를 확인도 하기 전에 가 본 적도 없는 어느 지역에서 팔려 나갔단다.

김빠진 사이다 되어 허공에 흩어지는 여신을 보니 미소는 간곳 없고 겨울비가 내리고 있다.

여신이 내리는 냉수이리라. "여기 냉수를 내려놓았으니 이걸 마시고 속이나 차리거라."

계획했던 일들이 물 맞은 국수처럼 흐물흐물 허물어지고 달콤한 여신의 미소도 냉소만 내려놓고 어디론가 숨어버렸다. 더불어 엿장수 맘도 미끄럼을 탔다.

며칠 후 회신을 한다.

친구야, 네가 본 여신의 미소는 아무래도 옆집 강아지 메리의 미소이거나 어젯밤 혼신의 힘을 다해 마나님께 내려놓은 정분으로 삼신할매가 내려준 실소 같으니 확인하길 바란다.

벼락이 비켜갔다, 고민도 사라졌다. 얼마나 다행인가. 천수와 동행할 수 있으니 하늘에 감사해야 할 일이다. 친구야 너도 감사해하리라 믿는다.

그리고 소원기도를 내려놓는다.

"여신이여, 다시는 울 친구 앞에 나댕기지 마소서."

이걸 어찌해?

●

웃을 수도 울 수도 없는 상황.

오랜 세월 동안 동종의 비즈니스를 하고 있는 K라는 친구와 아이들 얘기를 하던 중 아들 녀석의 에피소드 하나를 전해준다.

그 친구에겐 아들 하나, 딸 하나가 있다.

지금은 둘 다 장성하여 뉴욕 굴지의 회사에 다니고 있는데, 동생을 챙겨주는 남다른 우애를 자랑하는 데다가 엄마 아빠에게는 듬직하고 격의 없는 아들로서 위트도 있고 예의도 잘 갖춘 멋쟁이 녀석이기도 하다.

아, 그니까 오빠, 그 녀석 얘기다.

녀석이 여덟 살 때인가 일이란다.

어느 날 저녁, 아이들이 잠든 늦은 밤.

부부가 모처럼 촛불을 켜고 밤의 향연을 오붓하게 즐기고 있다.

평시엔 술을 멀리하는 부부, 그날따라 의기투합하여 와인 두어 순배 주거니 받거니 무드를 잡고, 무드를 잡다 보니 눈빛이 맞고, 그 눈빛은 뜨거운 불길로 변해 누가 먼저랄 것도 없이 나란히 손을 잡고 침실로 향하고 에덴동산의 아담과 이브가 되어 모든 걸 벗어 던지고 오직 하늘이 내린 자연 상태가 되어 진한, 아주 진한 부부의 교감을 주고받으며 운우의 정을 나누고 있는 중,

아, 이걸 어찌해….

그 아들 녀석이 방문을 활짝 열어젖히고 방 안으로 들어서는 게 아닌가.

엄마를 부르며 방 안으로 들어선 그 녀석, 그 현장을 목격하고선 그대로 서 있더란다.

이번에 당황한 쪽은 침대 위의 부부.

이미 하늘로부터 허가받은 아름다운 교감인데 마치 불법을 저지른 현행범 되어 급히 이불을 추스르며 현장을 감추고 아들 녀석을 빤히 쳐다보며 원망의 눈길을 보내는데….

이미 엎질러진 물이 되었으니 되돌릴 수도 없어 "야 임마, 노크를 하고 들어와야지." 애써 쑥스러움을 감추며 한마디 하지만,

돌아오는 대답에 할 말을 잃고.

"I did, but no one answer(노크를 했는데 대답이 없었어요)."

아뿔싸, 쌍무지개 뜨는 언덕에 피어나는 '운우의 정'이란 게 눈과 귀를 멀게 했나 보다.

아이에게 무슨 잘못이 있으랴….

그런데 이 녀석 거기에 덧붙여 하는 말, 위로의 말인지 이해의 말인지 알쏭달쏭한 한마디에 부부는 웃어야 할지 울어야 할지….

"Don't worry, I understand. I know what you are doing, just go ahead."라는 멘트를 남기고 오른손을 까닥까닥거리며 문을 닫고 나가더란다.

"걱정마시라, 무엇을 하고 있는지 나는 알고 있고 이해하고 있으니 하던 거 그냥 계속 하시라."

여덟 살배기가 무엇을 알고 무엇을 이해한다는 걸까. 알쏭달쏭하지만 우려스러운 상황에서 "하던 거 그냥 계속 하라"며 정식으로 허가받고 격려까지 받았지만 껄끄러운 분위기는 이미 당황의 찬물을 끼얹은 상황.

활활 타오르는 장작불에 찬물을 끼얹었으니 불길은 잦아들어 까만 숯이 되었으니 상황은 종료되었고 그날 밤 성은 쌓지 못하고 그냥 손만 잡고 잤더란다.

머지않은 날 열정의 숯에 다시금 불을 붙일 때는 결코 침실

문 잠그는 것을 잊지 않고 이중으로 확인하고 더하여 팻말을
문 손잡이에 하나 써 붙여놓겠단다.

"Please do not disturb, we are on duty."
(지금은 임무수행 중이니 방해하지 마세요.)

비록 아들 녀석에게 그날의 당황스런 현장을 들키고 황당한
당부까지 받은 친구, 빙긋이 웃으며 하는 말. "그 녀석이 그렇
게 웃겨요."

아비의 진한 사랑이 그 말 속에 숨어있다.

한밤의 소동

따르릉 따르릉…. 집요하게 전화벨이 울린다.

곤히 잠들어 있는 야심한 밤, 잠결에 얼핏 시계를 보니 새벽 2시 조금 넘은 시각. 이 야심한 시간에 무슨 일일까? 누군가 남의 단잠을 방해할 만큼 절박한 상황이 있는 걸까, 게슴츠레 눈을 뜨고 앙증맞게 울어대는 전화기를 더듬거리며 손에 쥔다.

"헬~로우."

수화기를 타고 오는 어느 낯선 목소리의 여인이 내 이름을 확인한다. 그리곤 "여기 경찰서인데 스토어 알람이 울렸군요. 빨리 와주셔야겠습니다."

"Yes ma'am, I will be there in 15minutes."

애써 일구어 놓은 텃밭이 불청객의 먹잇감이 되어 상처를 받을 수도 있음에 긴 말이 필요 없다.

아울러 확인사항도 잊지 않고 물어온다.

"차는 어떤 차, 무슨 색깔인가요? 여기까지 오는 데 얼마나 걸리나요?" 알람이 울린 때가 야심한 시간대면 위의 두세 가지는 꼭 물어본다.

미리 알아두려는 확인사항이다.

비몽사몽이 번개 되어 날아가고 물가에서 놀고 있는 어린아이의 안위에 안절부절 못하는 섬마을 어미가 되어 촌각을 잡는다.

순간, 오래되고 퇴색된 군 시절 오분대기조의 기억이 도르레 타고 달려오지만 색깔은 영 딴판이다.

생활과 직결된 대기조에 호출되고 보니 자의적인 생동감에 정신이 번쩍 든다.

허둥지둥 침대 패션에 자켓을 걸치고 차에 올라타 새벽안개를 가르며 가로등 도로를 질주한다.

이곳 소도시의 치안 대책은 대도시에 비해 월등히 나은 편이다. 범죄율도 낮고 사람들도 친절하여 Retire city로 인기 있는 곳이기도 하다.

그러나 어찌 사람 사는 곳에 문제가 없으랴.

이곳에 터를 잡고 뷰티를 일구어 온 지 28년 동안 세 번의 밤 손님이 야간작업을 시도하였으나 뜻을 이룬 적은 한 번도 없다.

스토어에 도착해 보니 두 대의 경찰차량이 당도해 있고 전면 출입구 유리창이 파손되어 있다. 기다리고 있던 경찰이 말을 건네 온다.

"누군가가 도둑질을 하려 시도한 것 같군요."
"네, 그렇군요. 스토어 안을 확인해야겠습니다."
여기저기 둘러보았으나 아무 일 없는 것이 앞통수만 한 대 맞은 격이다.

큰 피해는 없어 다행이라 여기지만 가게 안팎으로 흩어진 유리조각들을 수습하자니 스토어에 대한 측은함이 스쳐간다.

생면부지, 아는 이 없는 이곳에서 이민자의 소박한 꿈을 일구며 정성들여 가꾸어 온 삶의 터전이 누군가의 침범으로부터 위협을 받고 있다니. 스토어야, 너는 내가 지켜주마…. 사물이 의인화되는 흔치 않은 정감이리라.

설치해 놓은 CCTV를 확인해 보니 동네 불량배의 소행인데 두어 번 문 앞에서 서성이더니 타고 다니던 스케이트보드로 출입문 유리창을 가격한다.

그 순간 알람은 터지고 터진 알람은 사정없이 울어댄다. 울리는 알람에 혼비백산 되어 줄행랑을 놓는 모양이 무성영화 시대의 삼룡이 뒷모습 같아 실소를 짓게 만든다.

스토어.

살아있는 생명이 아님에도 살풋한 정이 맺혀 있는 곳, 나와 우리 가족의 소중한 삶의 터전. 구석구석 나의 손길이 닿아 있는 곳, 때론 서투른 망치질로 엄지손가락에 피멍이 들기도 했고 실링 위에 있는 전기배선을 한다며 그 위험하다는 석면 덩이리를 수없이 만지작거렸고 큰일 작은 일 스토어와 연관된 일이라면 닥치는 대로 정을 쏟아부었던 곳.

부쩍부쩍 크라고 신제품, 인기 상품을 찾아 동부의 뉴욕부터 서부의 라스베가스로 북부의 시카고로 동남부의 아틀란타로 부지런히 발품도 팔고 정보도 입수하고 상품을 선별해서 선보이고 더불어 올라가는 판매고와 함께 일하는 재미도 보람도 안겨주는 '텃밭'이기도 하다.

준 만큼 받는 것이 정이라는데 함께 일하는 뷰티 식구들과 더불어 큰 걱정 없이 살고 있으니 그 정이 하늘가 어딘가에 머무르고 있음에 감사해야 할 일이기도 하다.

***

치사하게 개까지….
여기에 한 스토리, 같은 뷰티업을 하는 한 친구가 양상군자 님과 대면했던 Non-fiction 스토리를 들려준다. NC 동부의 자그마한 도시, 시간은 오전 4시경. Early Birds도 마지막 단잠

에 취해있을 시간, 양상군자님(후한서 진식전에 나오는 말로 도둑님을 지칭)
이 출현을 하셨단다.

이 님은 비교적 좀 늦게 출근한 것을 보니 초저녁잠을 자고 새벽 장을 보러 온 모양이다.

이 친구의 스토어 콤플렉스, 오래된 건물인지라 옆 스토어와는 실링까지만 벽을 세우고 실링 위 공간은 들판처럼 확 트여진 구조란다. 근처의 미키 마우스들이 모여 살림을 차리고 아지트로 활용하여 드넓은 공간에서 회의도 하고 달리기도 하고 마라톤까지 불사한단다.

시도 때도 없이 들려오는 마라톤 소리에 열받은 주인은 막대기를 곧추세우고 여기저기 쑤셔대지만 이들의 경합은 그칠 줄 모르고… 결국은 몰래 놓은 사약을 받고서야 잠잠해지는 고풍스런 구조. 이분이 이런 지붕으로 오셨단다.

지붕을 뚫고 로프를 이용해 대들보까지는 무사히 안착해 다음 단계인 가게 안 침투로 이어지는 과정에서 그만 발을 헛디뎌 실링을 떨어뜨렸고 떨어지는 실링을 motion detector가 감지해 알람이 울리고….

처음 알람이 울렸을 때 욕심을 버리고 줄행랑을 놓았더라면 빠져나갔을 수도 있었을 텐데….

이 군자님은 순간의 위기를 넘기면 계획했던 소정의 목적을 달성시킬 수 있을 것이라는 무모한 계획 아래 아슬아슬한 실링을 타고 옆집으로 이동, 거기서 잠잠해질 때까지 기다리면 알람도 잦아질 테고….

그러나 욕심이 과한즉 가막소행을 자초했으니 욕심은 아마도 죄를 잉태시키는 근본인가 보다. 울리는 알람을 피해 옆집으로 이동 또 이동. 가능한 멀리까지 가서 기다리자. 이런 걸 원대한 포부라 하나. 그러나 이동 중 다행인지 불행인지 또 다시 발을 헛디뎌 옆집 알람까지 터트렸으니….

알람이 울리면 경찰이 출두하고 출두하면 여기저기 조사하는데 현장조사 중에 옆 가게의 알람까지 터지게 만들었으니 알람도 열 받고 군자도 열 받고 경찰도 열 받고… 운칠기삼이라는 운의 법칙이 그날 밤 그 군자님에게는 휴지조각으로 남겨진 폐장의 주식같이 다가왔음이다. 이쯤 되고 보니 현행범을 잡기 위해 추가로 출동한 '삐뽀삐뽀' 차량이 속속 모여들고 스토어 콤플렉스 주차장엔 6대의 경찰차량이 전면 후면 옆면을 둘러싸고 있다.

군자님의 체면이 영 말이 아니다.

영락없이 독 안에 든 쥐 꼴이 되었으니… 미키들이 놀던 무대에 주연은 간 곳 없고 오도가도 못 하는 군자님만 덩그러니 홀로 있으니 처량하고 외로울 만도 하다. 이제 갈 곳이 없다. 숨는 수밖에.

그래, 술래잡기하기로 작정을 했나 보다.

이 군자님은 hide & seek에 일가견이 있는지 경찰들이 아무리 찾아도 오리무중, 그렇다고 물러설 경찰들이 아니다.

이 스토어 저 스토어에서 터진 알람은 각기 주인들을 호출하였고 졸리운 눈 비비며 호출된 주인들은 리쿠르트 병사들처럼 초조한 눈빛으로 상황을 지켜보고 있다.

분명히 여기 콤플렉스 어딘가에 있을 텐데….

세 명의 경찰이 수색조가 되어 각 스토어가 숨을 만한 곳을 수색하고 나머지는 언제 튀어 나올지 모를 상황에 대비하여 밖에서 감시의 눈초리를 늦추지 않는다. 그러나 아무리 찾아보고 기다려도 군자의 모습은 보이지 않는다.

이 친구 스토어, 매장엔 따로 숨을 곳이 없다. 창고에는 커다란 제품박스와 빈 박스가 한 켠에 수북이 쌓여있고, 숨을 곳은 오직 저곳밖에 없는데… 거기에도 없다.

아무리 찾아도 오리무중인 군자님. 안목으로는 한계성을 느낀 경찰이 최후 수단을 쓴다.

머잖아 탐지견 한 마리가 모든 이들의 시선을 받으며 스토어로 들어서고, 들어서자마자 씩씩거리며 경찰이 잡고 있는 목줄이 대어를 낚아챈 낚싯줄처럼 팽팽해진다. 탐지견은 켜켜이 쌓여있는 제품박스를 향해 나아간다. 쌓아 올린 제품박스로 곧바로 향한다. 앞발을 곧추세우고 씩씩거리는 탐지견이 투견장에 들어선 투견으로 변하며 기승을 부린다.

이윽고, 뒤쪽 한 박스 앞에 서서 악다구니를 부리며 말한다. "이놈이 여기 있다. 이놈이 여기 있다." 군자님의 다리몽둥이를 부러트릴 기세다. 그 군자님, 경찰도 두렵지만 왕왕거리며 달려드는 개에게 무서움과 공포를 느꼈는지 아니면 탐지견과의 대립에서 패배를 인정했는지, 그제서야 슬그머니 박스 하나가 열리더니 정체를 드러낸다.

박스를 뒤집어쓰고 교묘히 위장을 했으니 육안으로 구분하기에는 무리가 있었던 듯싶다.

"빌어먹을, 하필이면 우리 스토어에 숨어있었다니."

이 군자님, 어쩔 수 없어 순순히 항복은 했는데 개와 경찰을 번갈아 돌아보며 영 못마땅한 듯이 한마디 한다.

잡혀가는 뒷모습이 지붕타고 내려온 양상군자의 늠름함은 어디 가고 스토어를 나서며 마지막 남기고 간 lip service가 실소를 짓게 만든다.

"나 기분 나쁘다. 내가 무슨 개새끼냐. 경찰이란 자들이 도둑 하나 못 잡고 치사하게 개까지 데려오다니…."

앞으로 경찰들은 정정당당하게 술래잡기의 정도를 지켜야 할 듯하다.

내 이름은 삼식이

내가 삼식이를 만났는지 삼식이가 나를 만났는지,
처음부터 그와 나는 하나가 되어 늘 함께하고 있다.

사람은 태어나면서부터 자신의 의지와는 관계없이 짊어지게
되는 수많은 운명적인 요인들이 있다.

혈연, 지연, 체질, 탈란트, 환경 등 두 손 두 발 다 들어도 열
거할 수 없이 많은 요인들이 있다. 그중 하나가 바로 '내'가 되는
'이름'이다.

좋든 싫든 조상님이 지어주신 이름, 평생 따라다니며 생사고
락을 함께하는 고귀한 인연이다.

그 고귀한 인연으로 점지된 내 이름 삼식이-

흔치않은 희귀한 이름이다.

귀하면 귀한 만큼 대접도 받아야 되는데 언감생심 어찌 감히
그런 마음을 품을 수 있으랴….

흔치않은 귀한 이름에서 풍기는 향취는 어디 가고, 모자라고 엉뚱하고 어리숙한 대명사로 자리잡은 지 오래다.

그나마 다행인 것은 모자란 만큼 순수하고 어리숙한 만큼 친숙함이 저편 어딘가에 도사리고 있어 사람들은 멀리하지 않고 사뭇 만만하게 사용하기도 한다.

기타가 프로급이고 동서고금의 음악에 남다른 조예가 있는 멋진 소꿉친구 C가 CD 한 장을 건네준다. "네 노래야. 들어봐, 삼식이."

순간, 이 친구 표정을 얼핏 보니 입가에 야릇한 미소를 품고 있다. 뭔가 할 말이 있는 것 같은 표정인데 "그것도 이름이라고 달고 다니느냐."의 문책성 미소 같기도 하고 "유명한 이름을 두어서 좋겠다."며 부러워하는 미소 같기도 한데, 애매한 그 녀석의 속마음을 어찌 알겠는가.

어쨌든 뭔가 재미있어 죽겠다는 표정이다.

사실, 나는 삼식이란 이름이 좀 옛날스럽긴 해도 노래까지 나올 정도로 유명세를 떨칠 줄은 몰랐다. 어느 날인가부터 삼순이를 앞세워 매스컴에 오르내리나 싶더니 급기야 노래까지 나왔다.

웃는 폼으로 보아 짐작은 하고 있었지만 역시나 어리버리와 꿰매놓았다.

"삼식아, 아~ 삼식아

어디 갔다 이제 오는 겨어.

쟤 손 좀 봐요.

새까만 게 까마귀가 보면

할아버지 하것써~어.

빨리 가 손 씻고 밥 묵어어."

상사익 씨의 '삼식이' 한 구절. 좀 미안스런 얘기지만 촌스러운 본인이나 잘 챙기시지, 이분까지 내 귀한 이름을 구설수에 올려놓았다. 고운 정이 많으신 분임은 익히 들어 알고 있었지만, 삼식이의 애잔한 과거를 폭로할 줄은 전혀 예상치 못했다.

까마귀를 앞세운 걸 보니 중상모략의 징조가 다분하다. 고래도 춤추게 한다는 칭찬은 귀를 씻고 들어봐도 오리무중이고 울엄니가 들으면 기절초풍할 사연들만 굴비 엮듯이 줄줄이 엮어놓았다.

이 노래를 엄니가 들으면 하늘병원에 입원할지도 모른다.

"엄니, 듣지 마시요 잉. 모르는 게 약이니께."

만난 적도 일면식도 없는 그분이 어렸을 적 내 사연을 우찌 알았는지 참으로 신통스럽다.

덜렁스러웠던 삼식이를 꿰고 있다.

정말 그랬다.

들로 산으로 강으로, 오라는 곳은 없어도 그 나름의 열정을 노는 데 바치고 어둠 내린 신작로에 퍼질러 앉아 어둠의 막바지까지 구슬치기 딱지치기에 남은 여념까지 다 쏟아놓고도 모자라 엄니의 "밥 묵어라." 소리에 겨우 바지춤을 추스르다 말고 다시 주저앉고 서너 번째 부르는 8옥타브 호출에야 어쩔 수 없이 하루를 마무리했었다.

하긴 그 시절에 그리 하얀 손은 필요 없었으니 마지못해 씻는 시늉만으로 한계효용의 법칙을 충족했을 터였다. 손뿐만 까마귀를 닮은 것이 아니라 배짱도 까망이 내재해 있었음이라.

어쨌든 바쁘긴 바빴던 시절이었음은 틀림없다.

어릴 적 나를 들여다본 것처럼 뜨악스럽게도 잘 맞는 노래다. 그래서 이 노래를 들으면 애잔한 그 시간들이 도르래를 타고 달려온다.

처음으로 통성명한 사람들이 흐물흐물 웃는다.

"그니까 진짜 이름이 삼식 씨란 말이죠?"

그들의 웃는 모습에 삼식이도 웃는다. 이거 참….
잘못도 결례도 없었는데 괜시리 쑥스럽고 미안하고 촌스러워진다. 그래도 조상님이 주신 이름이니 의연하고 당당해야지….

초등학교 삼학년 때인가 엄마에게 진지하게 부탁한 적이 있다. 아부지한테 부탁해 봐야 본전도 못 건질 것을 알기에 만만한 엄니에게 부탁했다.

그 당시 울 엄니는 나에게 세상에서 제일 만만한 상대였다. 땡깡 부려 받아줄 사람은 오직 엄니밖에 없었으니 왜 아니었겠는가.

"엄마, 왜 내 이름을 하필 삼식이로 지었어? 사람들이 자꾸 삼돌이, 삼용이라 놀린단 말이야. 내 이름 바꿔주라."

그 당시 '삼용'이라 함은 코미디언 배삼용 씨를 두고 하는 말이었다. 그때는 그가 헐렁한 팔푼이 역할로 한창 주가를 올릴 때였는지라 재미는 있었다. 하지만 화살이 나에게로 향할 때는 억지스런 맘고생을 해야만 했다.

이런 처지인데도 울 엄니 하시는 말씀,

"삼식이가 우쨌다냐. 좋기만 하구만."

여동생도 내 편이 되어 한마디 거드는데, 내 편이라기보다는 나름대로의 고충을 겪고 있음이다.

"엄마, 나도 오빠 이름 때문에 놀림을 당한단 말이야. 오빠 친구들이 자꾸 나를 '삼순'이라 불러서 창피해 죽겠어."

아무 죄 없는 여동생은 덤으로 별칭 하나를 얻었는데 영 탐탁해하지 않는다.

　울 어무이— 남들은 다들 심오한 속뜻으로 아들의 이름을 짓는데 아들의 애절한 맘고생을 위로는 못할망정 비밀스럽고 혼란스런 한마디 덧붙이신다.

　"네가 셋째라서 삼식인디 뭐가 우째서. 옛날부터 셋째는 중용을 말하는 겨. 첫째 둘째의 좋은 점들을 본받아 좋은 쪽으로 가니께 셋째인 삼식이는 좋은 이름이여."

　이론이 아닌 경험으로 터득한 나의 현실론을 엄니는 좋은 이름이라고 막무가내로 우기신다.

　"치, 그러면 셋째들은 다 삼식이가 되어야 하는데 삼식이가 왜 나밖에 없어? 궁시렁 궁시렁….."

　사랑하는 아들과의 토론의 여지도 없이 부탁을 묵살하신다. 울 엄니는 아마도 우기는 데 도사이거나 아니면 혹시 내가 울 엄니가 낳은 친아들이 아니고 다리 밑에서 주워온 자식이라서 묵살한다는 서러운 의심이 들기도 했다.

　별 달 보듯이, 달 별 보듯이 아들의 고민을 해결할 기미가 전혀 없으시다.

　"새벽예배 가야 하니께 빨리 자그라 잉." 울 엄니 이랬으니, 엄니 말발을 당할 수도 없고 그렇다고 단식으로 맞설 나이도 아니고, 그 나이에 혼자 해결 방법이 전무하여 시름시름 어쩔 수 없이 적응해 갈 즈음.

그때 그 시절,

삼식이가 이름 때문에 또 하나의 죽을 맛이 생긴 것은 중학교 일학년 때이다.

새 학기 첫 수학시간, 깐깐하기로 소문이 자자한 수학 선생님 때문이다.

출석부를 보며 이름을 부르던 선생님이 어느 순간 내 이름을 부르며 두세 번을 되뇌신다.

"문삼식, 문삼식이라⋯."

회심의 미소를 지으며 운을 떼신다.

"문삼식이 누구냐?"

장난기 어린 선생님, 무심코 던진 돌멩이에 죄 없는 개구리가 상처를 입는다는 것을 모르시지는 않으실 텐데,

"너는 이제부터 내 시간이면 특별출연으로 수업시간에 임한다, 알겠나?"

특별출연이란 내용을 자세히는 알 수 없었으나 대답을 해야할 상황인지라 어쩔 수 없이 겁먹은 강아지 꼬리 감추듯이 "네

에." 하고 대답은 했지만 수업시간에 특별출연을 하라니 디지게 성가신 일임은 짐작이 간다.

조금 후에 터득한 내용이지만 이른바 고정출연, 영양가는 고사하고 가시밭길 같은 고정출연으로 인해 그 시점부터 수학에 대한 사랑과 증오는 롤러코스터를 타고 업타운과 다운타운을 번갈아가며 오르내린다.

교실 풍경.

안경을 콧등 끝에 걸치시고 고개를 살짝 숙여 눈을 지그시 열어 안경 너머로 교실을 둘러보는 선생님의 요상한 눈길이 분명 누구를 찾고 있음이다.

그 선생님의 심술스런 표정을 익히 알고 있으니 앞으로 전개될 상황을 짐작하는 것은 그리 어려운 일이 아니다.

나를 찾고 있음이 분명하다.

아, 오늘도 운명적으로 타고난 고난의 시간이 다가오는구나. 예감은 직감으로, 직감은 여지없이 타겟에 적중했다.

"문삼식, 앞에 나와서 문제 삼 번을 식을 써서 풀어봐라."

무정한 친구들은 까맣게 타들어 가는 내 마음은 몰라주고 뭐가 그리 좋은지 ㅋㅋㅋ….

의리라고는 흥부에게 휘두른 놀부 부인의 주걱에 묻은 밥풀 떼기만큼도 없는 넘들, 그런 못된 친구들의 얇은 술렁임과 함께 교실 안의 모든 시선들이 나에게로 향하고 나는 영락없는 '어항 속의 삼식이' 전시물로 전락하고 말았다.

삼식이 고기— 하고 많은 생선 중에 꼭 아구처럼 괴이하게 생긴 물고기가 '삼식이'란다.
정말이다. '삼식이 물고기'가 실제로 있다.
못 생겼거나 말거나 생선국 그 자체는 참으로 맑고 깔끔한 맛이라니 삶의 과정도 그러했으면 좋겠다.

친구들은 고정 출연자의 출현으로 안도의 한숨을 쉬고 삼식이는 죽을 맛이다.
가끔은 한 번씩 죽어라고 준비해서 칭찬을 받은 적도 있지만, "문삼식, 이번에는 너의 형 문제 일 번을 풀어봐라." 선생님의 돌멩이는 어디로 향할지 모르니 사랑의 징표를 받으려면 두루두루 전 단원을 섭렵해야 하는데 그것이 어디 쉬운 일인가.
안 그래도 노는 데 바빠 죽겠는데 예습 복습을 뭔 재미로 해. 예습 복습 건너뛰기를 깡총깡총 징검다리 건너뛰는 재미로 착각한 시절인지라 공부는 우선순위에서 저만치 뒷전, 공부보다는 친구들과 노는 것이 훨씬 재미있었으니….

호출을 받고 칠판 앞에는 섰는데 대부분의 경우 삼천포로 빠져 망망대해를 헤매고 있다.

　칠판 앞이 망망대해처럼 넓어 보이고 도무지 항로를 잡지 못할 때는 어쩔 수 없이 몸으로 때우는 수밖에 없다.

　항거능력의 한계점이 오면 하늘이 노랗게 아른거리고 엄니가 또 갑자기 보고 싶어진다.

　엄니는 꼭 서러울 때나 힘들 때 보고 싶었으니 아마도 나를 위한 제일의 수호천사는 울 엄니였다는 것이 재확인되는 순간이다.

　무서운 선생님인지라 칠판 앞에는 섰는데 눈앞이 캄캄하고, 낮에 나온 반달이 하얀색인지 까만색인지 출구가 막힌지라 에라 모르겠다, 뺑칠이 로토넘버 고르듯이 칠판 앞에 얼렁뚱땅 쓰다가 지우고 쓰다가 지우고….

　눈치 백단인 선생님이 그걸 모를 리 없으니 결국은 출석부로 세례를 받거나, 얼얼해진 손바닥을 움켜쥐고서야 제자리로 돌아가야 했다.

　반백 년이 지났지만 잊혀지지 않는 선생님, 건강하게 오래오래 행복하게 사시기를 기원해 본다.

　지나고 보니 여리고 아픈 기억도 아름답게 새겨진다. 이제 이 나이가 가을 어디쯤에 와 있나 보다.

***

가자 주막으로!

군필하고 좀 늦은 나이에 학부에 진학,

그때 멋진 친한 친구 두 명이 있었는데 이름하여 '세종 삼총사'. 그들이 학교 뒤편 화양리 시장통 막걸리 집으로 향하고 있다. 낮술을 즐기려는 이분들 앞날에 주신의 은총이 함께하기를….

무거운 책가방 삐뚜름하게 둘쳐메고 주막으로 향하는 발길들이 제법 호기롭다. 어쩌다 주머니 배가 부를 때면 문제없는데 그것은 가뭄에 콩 나듯 하고, 대부분 버스 승차권 달랑 몇 장.

허름한 호주머니들이지만 젊음의 혈기로 의기투합, 무작정 시장통 술집 앞으로 고고….

이 집 저 집 기웃거리다 제일 순하고 인심 좋게 생긴 아주머니에게 최대한 예의를 갖추고 모종의 딜에 들어간다. 제 눈에 안경이라는데 주모님 관상 보는 데는 같은 도수로 변하니 깊이 통하는 데가 있나 보다.

술 고픈 삼총사, 우선 사정부터 해본다.

여차 저차 이 뒤에 빙 둘러쳐진 담장 넘어 큰 학교에서 온 학생들인데 오늘이 이 친구 생일인데도 도니가 없다. ─ 생일이 일년에 몇 번씩 오는 젊은이들, 울 아부지가 가보로 물려주신 시

36

계를 잡힐 테니 막걸리 외상할 수 없느냐.

가보는 무슨, 달콤한 술 욕심에 눈이 멀어 전당포에서 구박받고 퇴짜 맞은 퇴물을 두고 흥정을 벌인다. 탐관을 쓴 오리 같은 넘들. 착한 주모님, 그 짧은 순간에 눈빛으로 위아래 신체검사한 후에 고개로 까딱, 착석신호.

선녀의 찜질에 당첨이라도 된 듯이 동시에 나지막한 환호가 울리고 고민을 해결해 준 주모님이 선녀로 다가온다. 이 순간만큼은 황금으로도 살 수 없다는 그 귀한 축복을 무더기로 내려놓는다. 그리고 유행가 한 구절을 안개꽃 눈웃음에 담아내어 속삭이듯 합창을 한다.

"나 그대에게 모두 드리리, 터질 것 같은 이 내 마음을~"

시계가 비상금이었던 시절, 학생증도 가끔은 비상용으로 유용하게 유통되던 시절, 물론 지금도 그렇지만 학생들에게는 유달리 인정과 이해심이 많은 단일 민족의 정서, 거기에 이 미욱한 삼총사들, 여유가 생기면 누가 먼저랄 것도 없이 Debit을 정리하는 솔선수범을 실행했으니 주모님 사랑은 만개하였고 그 열매인 Credit 한도는 저 높은 마천루로 향했고, 어느 날부터인가 주모님이 이모님 되어 두부 한 모, 부침이 하나라도 더 챙겨주는 인정을 베푸시니 순풍을 안고 수시로 항구를 드나드는 돛단배 되었음은 화양리 시장통이 잘 알고 있다.

철 없어서 - 맛있는 낭만을 퍼 담았던 시절이었다.

그때 터득한 솔선수범 Debit 정리, 마르지 않는 것이 옹달샘만이 아니다.

친구를 위해 내 주머니를 비웠더니 머잖아 또다시 채워진다. 호주머니도 그렇고 탁주잔도 그러하다. 그것이 심오한 인지상정의 정의일 것이다.

"비우면 채워진다."는 탁주론이 머잖아 경제학의 원론으로 자리잡음은 물론 인정학에도 도입되리라 본다. 실천해 보시라.

비록 원론에 충실하지 못한 삼식이지만 먼 친척뻘 되는 든든한 삼신할매가 후원하고 있으니 믿어도 좋다. 언제라도 세상의 삼식이들에게 베풀고 비워주면 머잖아 반드시 채워짐이다.

인심도 그러하고 봉사도 그러하고 배려도 그러하다.

뿌연 동동주,

그 옛날 청련거사 이태백이 즐겨 마시던 동동신선주에 그님이 취했었으니 청춘거사 우리들도 동동동 취하고, 밤하늘 멀리에서 달님이 내려오고 별님들도 합세해 마음에 살포시 자리잡았으니 마음은 천상에 머물고 몸은 휘영청휘청, 언제 왔는지 동해바다 파도가 화양리로 달려와 파도타기를 하고 있다.

술 속엔 요술 같은 파도가 숨겨져 있어 오르락내리락 너울곡선을 그리면서 허풍과 진실을 바쁘게 왔다갔다 하기도 하고, 구름 타고 비상하는 손오공 되어 이상과 현실을 주고받는 용꿈을 공유할 때도 있지만 짝 없는 학생 신분인지라 학교 얘기, 신비로운 걸 얘기, 공부 얘기가 주를 이룬다.

공부, 나는 그 많은 공부 중에 취중에 하는 공부가 제일 즐겁다. 그중에서도 삼총사와 함께하는 한문 공부는 시름을 잊게하는 파라다이스로 나를 안내한다. 공부하는 학생들이 언제까지 음주에만 탐닉할 수 없는 법, 이제 얼큰한 경지에 올랐으니 학생의 본분인 학문을 시작한다.

자, 하던 공부 계속하자.
우선 이름 풀이부터,

한 분은 지무,
한 분은 이식,
그리고 삼식,

거나해진 삼총사, 이름값들 하고 있다.

먼저 지무: 알 知, 없을 無.

의리 있고 맘씨 좋은 지무 님, 실실 웃고만 있다.
아는 게 없으니 할 말도 없을 테고, 망통패를 가졌으니 던지나 마나 식자에겐 도움이 안 된다.

이식: 두 二 알 識, 후덕하고 정의로운 이식 님.

두 개씩이나 알고 있으니 의자 뒤에 등을 바짝 붙이고 여유를 부리지만, 삼식이가 버티고 있으니 면장 앞에 이장.

삼식, 세 개를 알고 있으니 당연히 장원급제.

무엇이 그리 흡족한지 뒷짐 지고 앙다문 입술 사이로 미소가 피어오른다.

장원급제를 했으니 어사화를 마음에 꽂고 호기를 부리고 있음이다. 배우는 상아탑에서 아는 것이 장땡이라고 그것은 운명적으로 태어나는 것이라고….
여지껏 이름 땜에 고생한 보람을 찾는다.
중학교 수학 시간 때 퇴색된 이름, 막걸리 집에서 빛을 발한다. 울 엄니 말씀이 현실로 다가왔다.

먼 하늘나라에서 나를 내려다보며 슬며시 웃음 지으시며 "삼식이는 좋은 이름이지?" 하고 묻는다.

"Thank you Mom, U R right."

이름 때문에 티격태격했던 모자간의 다툼이 엄니의 승리로 귀결되는 순간이다.

아, 삼식이에게 이렇듯이 보람을 안겨주었던 나보다 무지한 친구들이 불현듯 보고 싶다.

한 겹 한 겹 돌고 돌아온 시간들이 차곡차곡 쌓이다 보니 어느새 한 세월이 되어 육십갑자의 한 점 발자욱으로 남겨져 있고 무심인 양 흘려버린 기억들이 추상화를 그리며 유심으로 되살아난다.

누군가가 한 얘기가 생각난다.

"우정은 산길과 같아서 오고 가지 않으면 잡초로 덮여진다." 인생의 파릇파릇한 청춘기를 함께 이고 지고 고운 정을 나누다 훌쩍 먼 곳으로 떠나온 지 어느덧 서른여덟 해. 이젠 그 우정 길이 가지 않은 길이 되어 잡초로 덮여있어 안부를 내려놓아도 갈 곳을 모르고 있다.

머지않은 날 이산가족 상봉 신청하듯이 애틋한 사연을 SNS에 띄우면 버선발로 달려올 얼굴들이다.

***

넘어야 할 또 다른 산

한때는 두 친구들 사이에서 이렇듯이 잘나갔던 삼식이인데 언제인가부터 시련이 다가왔다.

그 좋은 이름 삼식이가 악성플루 같은 유언비어에 시달리고 있다. 불길한 소식이다.

내 이름 삼식이가 국어사전에도 등록되어 있다.

삼식이 – "백수로서 집에 칩거하며 세 끼를 꼬박꼬박 찾아 먹는 사람을 말한다."

이렇게 고자질하여 만천하에 공개하였으니 그 여파는 고스란히 삼식이 몫으로 남겨지지만, 물처럼 의연하게 산처럼 흔들림 없이 나의 길을 가야겠다.

어쨌든 집안 망신감인데 조상님들이야 직접 하사하신 이름인지라 감수를 하시겠지만 죄 없는 나의 후손인 아이들이 마음에 걸린다. 우리집 아이들은 한국에서 일어나는 이러한 일련의 일들을 모르고 있고, 아빠의 이름 때문에 특이한 시선을 받아본 적이 없어 다행히 할머니 생각처럼 좋은 이름인 줄 알고 있으리라.

연유로, 이곳에서는 별 시련 없이 그럭저럭 버틸 만한데 태평양을 건너서 사랑하는 고국땅에 도착하면 사정은 달라진다. 앞서 얘기했듯이, 인명사전은 웬만큼만 솟아오르면 그 이름이 등록되지만 국어사전에는 웬만큼 해서는 나오기 힘들고, 그것도 고유명사가 아닌 보통명사로 등록되는 것은 정말 드문 일이다. 그만큼 대중화되었다는 의미인데 이번에는 그 시련이 좀 오래갈 것 같다.

사연인즉슨 이렇다.

하루 한 끼도 안 차려줘도 되는 이쁜 영식 님.
한 끼만 줘도 되는 그럭저럭 일식이.
두 끼나 차려줘야 되는 이식이 넘.
하루 세끼를 꼬박 꼬박 쳐 드시는 삼식이 새끼.

내 사랑스런 이름꼬리에 해괴한 접미사가 따라붙었다. 가정이라는 한 울타리를 지키기 위해 봄과 여름처럼 열심히 수고로움을 다하여 가을걷이까지 거두어들이고 이제는 아늑한 보금자리에서 하루를 열어가는 은퇴자들, 그 일부의 은퇴자들에게 붙여진 이름이다.

마땅히 갈 곳 없어 보금자리에서 주로 머무르는 왕년의 베테랑들에게 세 끼니를 꼬박꼬박 챙겨줘야 하는 마나님들의 한숨을 이해는 하고 있으나 가족을 위해 그동안 고운 금잔디를 다 져놓은 옛날의 수고로움을 생각하여 귀한 이름 뒤에 붙은 이물질을 떼어버리고 그 자리에 곱고 아름다운 아량 한줌으로 채우신다면 만복의 근원이 가까워질 텐데….

봄날을 기다리며

꿈을 먹던 꼬맹이 시절엔 그리도 골치 아파했던 공부가 이제
는 살랑살랑 꼬리를 흔든다.

시련을 극복해야 한다는 사명감까지 더해졌으니 처세술에 대
한 호감이 동할 만도 하다. 그중에 하나가 애정어린 눈길로 은
퇴한 삼식이들에게 충고한 영국의 문호 셰익스피어의 몇 가지
말이다. 그의 말을 잘 새겨두면 삼식이 세끼들에게도 밝은 희
망의 길이 보일 듯도 하다.

더하여, 그동안 힘들게 짊어지고 온 사장, 부장, 꼬장 등, 모든 권위적인 계급장 '장' 자리는 떼어버리고 순수하고 소중한 '가장' 자리 하나를 간수하는 것도 해법이 될 수도 있음이리라.

세상의 삼식이들에게

* 학생으로 살아라 배움을 추구하라. 배움은 지식으로 쌓이게 되고 지식은 지혜를 낳게 한다. 그중에 마나님의 오묘한 마음도 좀 더 공부하면 세끼 해결의 지혜도 생기리라. 더하여, 맛있고 멋진 요리 하나쯤은 배워두시면 비상시에 유용하게 쓰이리라.

* 젊은이들과 경쟁하지 마라 그들의 세대가 오고 있음이다. 경쟁상대로 대하지 말고 그들과 어우러져 조화를 이루어라. 세 개씩이나 알고 있는 다식자 삼식이도 그들과의 경쟁은 꿈도 꾸지 못한다. 조화로움이야말로 최고의 지혜이다.

* 부탁받지 않은 충고는 하지마라 세상의 삼식이들이 즐겨하는 일인데 자칫 진짜 삼식이로 전락될 수 있음이라. 권위를 앞세워 함부로 남에게 아는 체하거나 잔소리하지 말라. 나와 생각이 다르다고 틀린 것이 아니다. 다양성을 인정하면 또 다른 세상이 보인다.

* 아름다움을 추구하라 음악, 미술, 예술과 등산, 여행 등 하고 싶은 일들을 찾아 즐겨라. 이젠 나만의 행복추구도 필요할 때이다.

* 청결과 바른 몸가짐으로 자신을 가꾸어라 곱게 물들 단풍은 철부지 아이들도 좋아한다. 그리고 밖으로 부지런히 다니면서 또 다른 삼식이들을 만나고 어우러져 즐겁게 살아라.

* 젊은이에게 모든 것을 넘겨주지 마라 넘겨주는 순간 당신은 진짜 구박받는 천덕꾸러기로 전락할 것이다. 이쯤 되면 존경받는 영식님도 눈치 보며 살 것이다.

* 죽음을 자주 얘기하지 마라 아름다운 이별은 멋진 것이다. 천지창조 이후로 이것만은 누구에게도 예외가 없는 불변의 법칙이다.

셰익스피어의 충고를 마음에 담아 참고 견디면 언젠가 새옹지마로 다가올 날들이 올 거라는 야무진 꿈을 꾸어본다.

"맞어. 삼식이는 좋은 이름이여."

"엄니 말씀 명심할 꺼."

해볼껴?

우리는 살면서 크고 작은 실수와 예기치 않은 난관에 부딪치기도 한다.

현자는 그 실수와 난관에서 교훈을 찾고 지혜를 얻어 평생 마음의 양식으로 삼는다. 여기 작은 실수를 큰 교훈으로 삼은 이야기 한 토막이 있다.

어느 젊은이가 존경하는 선배의 집을 방문했다.

똑똑똑, 문을 두드리니 선배의 목소리가 현관문을 타고 울렸다.

"어서 오시게, 자네를 기다리고 있는 중일세."

젊은이는 반가운 마음에 서두르다가 그만 미처 보지 못한 쪽문에 이마를 세게 부딪치고 말았다. 순간 눈에서는 별들이 번

쩍이고 그의 이마에서는 선혈이 흘렀다. 선배는 놀라며 그의 이마에 흐르는 피를 닦아주며 하는 말,

"이토록 피가 흐르는 걸 보니 많이 아프겠구만, 왜 아니겠는가. 그러나 이것은 오늘 자네가 나를 방문해서 얻은 가장 큰 수확이라고 생각하시게. 세상에는 예기치 않은 일들이 참 많이 일어난다네. 별 탈 없이 세상을 살아가자면 머리를 숙일 줄 알아야 한다는 사실을 명심하게나. 그리고 평생 교훈으로 삼길 바라네."

이 이야기의 주인공, 젊은이는 후에 대과학자이자 대정치가가 된 벤자민 프랭클린이다. 그는 피뢰침을 발명하여 낙뢰로 인한 재앙을 방지해 인류에 이바지하였고 영국의 식민지였던 미국을 독립시킨 숨은 주역이기도 했다.

그의 온화한 성품은 젊은 시절 선배의 집을 방문했을 때 일어났던 일과 선배의 충고를 평생 교훈으로 삼아 매사에 신중을 기하고 사람들을 대함에 있어 겸손과 부드러움을 지니게 됐다고 전해진다.

이러한 예기치 않은 사고에 과연 나는 어땠을까? 분명 자신의 실수인데 인정하기는커녕 죄 없는 쪽문을 바라보고 게슴츠레 게눈을 뜨고 째려보면서 "우씨 우씨." 하고 그것도 모자라

쪽문을 향해 주먹을 날려 손에도 또 다른 고통을 오게 하는 이
중의 우를 범한 적이 있었던 것 같다.

그래봐야 쪽문이 손해인가 사람이 손해인가.
쪽문이 말없이 나를 보고 빙그레 웃으며,

"더 해볼겨? 해볼 테면 해봐, 해보라구."

놀릴지도 모른다.

테니스 경기나 골프 경기 중에도 가끔은 이러한 장면이 목격
되기도 한다.
어떤 선수들은 경기가 잘 풀리지 않을 때 테니스 채를 집어
던지거나 골프채를 부러트리거나 땅바닥에 패대기쳐 화를 내기
도 하지만 이내 경솔한 행동에 후회하기도 한다.

이와 유사한 곰 이야기.

옛날 어느 지역에선 이 방법으로 곰을 잡았다고도 한다. 곰
이 다니는 길목의 나무에 큰 돌을 매달아 놓고 먹이로 유인한
후 먹이를 건드리면 줄이 풀리면서 곰의 뒤통수를 치게 되고
뒤통수를 맞은 곰은 그 화풀이로 큰 돌을 들이받아 스스로 까
무러쳤다고 한다. 그 방법으로 힘세고 무서운 곰을 사냥하였다

고 한다.

곰과 돌 사이의 결투, 곰에겐 서럽고 억울한 일이지만 참 기발한 발상이다.

곰도 머리를 숙일 줄 알았다면 일생을 문제없이 살았을 텐데….

인간은 만물의 영장이라는 타이틀을 지니고 있다. 사소한 실수에서라도 교훈을 찾아 내 것으로 만든다면 보다 큰 내면 발전이 있지 않을까….

내면 발전은 외면의 변화를 가져오고 그것은 슬기로운 삶으로 영위되리라 본다.

삼식이가 깊이 새겨들어야 할 교훈이다.

어느 감사절

달빛도 비구름 뒤에 숨어 한 치 앞을 볼 수 없는 야심한 시
각, 새벽 한 시 경이나 되었을까.

"타타타타." 짙게 드리운 어둠을 뚫고 멀리서 희미하게 헬
리콥터 소리가 들려온다. 한 점의 반딧불 같던 아련한 불빛이
search light를 비추며 주위를 선회하는 것을 보니 무엇을 찾는
모양인데 조난자로 신고되었을 우리 일행을 찾고 있을지도 모
른다는 한 가닥 간절함이 가까이 다가올수록 확신이 선다.

한밤중에 해안 경비대원coast guard들이 헬리콥터를 동원해 이
곳 해안가를 검문검색할 일은 전무했을 테고 후무할 듯도 한
데 얕은 바닷가라서 적의 피라미급 잠수함이 몰래 침투한다
해도 인디아나 존스의 함정과 미로 같은 갈대숲과 골들을 헤
쳐 나가기가 쉽지 않은 이곳으로 올리는 택도 없을 터, 그래서

내린 결론이 식구들의 신고로 우리 일행을 찾고 있음이라 단언함이었다.

요즘 같으면 핸드폰으로 일각마다 경비대에 연락해 구조 요청을 하고 도움을 받았을 텐데 당시에는 핸드폰이 없던 시절이라 조난을 당해도 조난자는 연락방법이 없어 인명재천의 운명론에 맡길 수밖에 없는 시절이었다.

순간 안도의 한숨과 함께 누가 먼저랄 것도 없이 동시에 내려놓은 환호는 삶을 향한 무의식의 포효이었으리라. 그렇게 반가울 수가 없다. 아마 변사또 앞에선 춘향이가 어사출두한 이도령을 알아보았을 때의 벅찬 마음이 이러했으리라….

이것이 삶의 애착인가 보다. 이쯤해서 우리도 맞불을 놓고 위치를 알려줘야 하는데 비에 젖은 라이터가 먹통이다. 불을 밝힌다면 단번에 위치를 알릴 수 있을 텐데…. 안타까운 마음들은 타들어 가고, 품속에 꼭 껴안고 체온으로 말리는 수밖에 없다. 애타는 그 짧은 시시각각들이 여삼추처럼 길게만 느껴진다.

***

일요일은 보트데이

K라는 친구의 14피트 아담한 보트, 봄부터 가을까지 틈나는 일요일이면 이 친구와 또는 서너 명이 어우러져 남부 뉴저지의 여러 해안가로 낚시도 하고 물놀이도 하는 행락의 발길을 즐겨했다.

친구는 선주인 관계로 선원의 경험도 없이 바로 선장으로 승격해 보트에 대한 전문지식이 크게 없었지만 개의치 않고 키를 잡았고 동승자 또한 더불어 깍두기로 함께 다니다 보니 해상안전에 대한 지식이 있을 리가 없었다.

어느 분야든 룰과 예의가 존재함으로써 질서가 바로 서는 법인데 그저 달리면 되는 줄 알고 무작정 어디에서나 씽씽 달리다 보니 우리보다 훨씬 빠른 해안경비대 보트가 앵앵거리며 다가와 덜미를 잡고 '보트스피드 티켓'이라는 그리 흔치않은 벌점과 벌과금에 그리 반갑지 않은 일체의 훈방까지 들어야 했던 경험도 했다. 요는 물가 가까이에 주택지나 보호시설이 있는 지역에서는 서행을 해야 하는 룰이 있는데 그것을 모르다 보니 용감이 유식에 앞서고, 그 앞세운 용감에 결국은 예견된 사고를 불러오고 말았다.

***

꿈의 출조

아직은 잔 더위가 끝자락에 머물러 있는 어느 가을날, 올해 마지막 출조를 계획한 우리 일행 – 일명 의리의 사나이 선장 K와 그의 아버님 그리고 나, 며칠 전부터 낚시를 가기로 약속을 하고 낚시도구, 미끼, 피시 파운더, 나침판 등등에다 행락의 기쁨과 낭만까지 가득 실어 아침 일찍 출조에 나섰다.

자동차 뒤꽁무니에 매달린 보트 또한 선주의 의리를 신임하고 따랐으니 행락길이 될 것이라 믿었음이라….

남부 뉴저지에 위치한 어느 Creek.

사람 키를 훌쩍 넘는 무성한 갈대숲 사이로 오랜 세월동안 밀물과 썰물의 영향으로 여러 갈래의 골이 형성되어 있고 그 골을 따라 꼬불꼬불 약 20여 분을 달리다 보면 수평선이 펼쳐지는 드넓은 대서양을 만나게 된다.

어영차 어기영차, 보트를 물 위에 띄우사 물 만난 보트는 힘찬 엔진 소리를 내지르며 앞으로 질주하고 출조의 팡파르와 함께 들뜬 마음을 감싸주는 하얀 물보라는 환영의 꽃길인양 뒤안길에 펼쳐진다.

그리 큰 배가 아니라서 먼 바다로는 못 나가고 인근 바다로 삼십여 분의 항해 끝에 닻을 내리고 본업을 시작한다.

"비나이다 비나이다."를 낚싯줄에 함께 엮어 던진 미끼에는 팔뚝만한 고기들이 주렁주렁 매달려야 하는데 주로 꼬맹이들이 까딱까딱 놀자 한다.

슬며시 딸려 올라온 꼬맹이 게를 놓아주며, 우리는 맛있는 오징어와 새우를 가지고 큰 고기들을 만나러 왔으니 물밑 동네에 가서 소문을 퍼뜨리라고 부탁을 했건만 여기 물고기들이 영특한 탓인지 아니면 소문을 사실대로 잘못 퍼뜨려서인지 이번엔 머리에 큼직한 투구를 쓴 요상하게 생긴 투구새우가 딸려온다.

동네를 영 잘못 온 것 같다. 잡초밭에 가서 인삼을 캐려 한다. 해서 이리저리 옮겨 다니기를 몇 차례, 하지만 드넓은 그쪽 동네가 대부분 잡초밭이었나 보다.

부풀었던 강태공의 삼매경은 바람 빠진 풍선되어 시들해지고 뭔가 보여줄 것 같았던 피시파운더에 대한 믿음도 시들, 운 없이 걸려든 몇 마리 잔챙이에 미더운 미소를 보내며 한마디 한다.

"가질 수 없으면 잊어라. 내 것이 아니면 버려라."

희망이 현실로 다가오면 좋으련만 대어의 꿈은 번번이 잊어야 했고 버려야 했다.

아뿔싸,

시간은 그렇게 흘러가고 수확은 미미했으나 행락의 즐거움이 어찌 천렵에만 있으랴. 마음 길 오고가는 길목에도 도사리고 있음이라.

잘 있거라 바다야!

닻을 올리고 귀향의 길을 잡는다.

나침이를 지표 삼아 왔던 물길을 따라 되돌아가는 길. 해안가 갈대숲과 훤히 트인 바다가 만나는 지점까지는 잘 찾아갔지만 아뿔싸 골 앞에서 우왕좌왕, 어느 골이 우리가 왔던 골이었는지 그 골이 그 골 같고 거기가 거기 같다.

차량을 세워두었던 주차장으로 가는 골을 찾아 그 길로 가야 하는데….

그렇게 이곳저곳 엉뚱한 골을 찾아 드나들기를 십여 차례, 길을 잃고 헤매다 보니 스르르 엔진이 꺼지고, 뭔가 엔진에 이상이 있어 그러나 보다 하고 괜시리 이곳저곳 토닥여 보았지만 살아날 기미가 아니 보인다. 혹여~ 하고 연료통을 채크해 보니 그제야 연료가 바닥난 것을 알게 되었다. 이를 어찌할꼬….

연료가 부족할 거라고는 전혀 예상하지 못했는데 이젠 꼼짝할 수 없는 '표류단계'에 접어들었지만 해는 아직 중천에 있어 크게 걱정이 없었음은, 지나가는 배에 구조 요청을 하면 금방 해결될 것이라 믿어서이다.

보라, 하늘에서 바라보면 물길따라 가지각길이다 예를 들면 ㄹ자의 골이 ㄹ자로 훤히 잘 판단이 가지만 수평선 바다에서 보면 −자 수평이 되어 여러 골들에서 어느 골이 우리가 드나들었던 골이었는지 끝없이 펼쳐진 갈대의 행렬에 어디가 거기인지 판단이 서질 않는다. 나올 때 어느 특정지점에 표시해 두었어야 했는데….

그렇게 조난은 시작되었고 연료가 바닥난 후, 그러니까 조난이 시작된 시점인 땅거미 내려앉기 훨씬 전부터 웃옷을 벗어 흔들며 두어 척 가까이 지나가는 배들에게 구조요청을 했다. 하지만 인사 수준으로 보였는지 아니면 아예 못 본 것인지 무심히 스쳐 지나가고 말았다. 여느 때 같으면 보트의 왕래가 왕왕 있을 시간인데 더 이상 지나가는 배를 만날 수 없었다. 아, 그러고 보니 번뜩 내자가 했던 말이 생각난다.

"저녁시간에 늦지 않게 오세요."

추수감사절의 만찬을 위하여 터키를 정성스럽게 구워내고 있을 시간, 연중 손가락 안에 드는 명절이고 외지에 사는 친지들도 re-union하는 날, 이런 날인데 누가 늦게까지 바다에 머무르고 있으랴….

이젠 수평선 아득히 지나가는 화물선부터 하늘을 나는 여객기 군용기 개인 비행기는 물론 아마 UFO까지 구조요청을 보냈었는데 모두가 허사, 결국 비상수단을 써보기로 해본다.

가보자! 이대로 있을 수만은 없다.
능동은 수동을 압도하고 살 길을 열어줄 것이다!

보트고 뭐고 모든 것 그대로 팽개치고 몸만이라도 갈대숲을 헤쳐 내륙상륙을 시도해 보자.
그러나 이 호기로웠던 비상수단도 오십여 순보도 못가서 이내 발길을 보트로 돌려야만 했다.
우리를 막고 있는 2m도 넘는 키다리 갈대숲은 중공군의 인해전술을 닮아 끝도 없이 이어지고 게다가 목표지점은 어디인지 보이지 않고, 날카로운 갈대 잎새는 로마병정의 험악한 무기로 돌변하고 얼마 안 가 맞닥뜨린 개울의 폭은 메콩강의 하류처럼 넓어 보이니 자연 앞에 한없이 초라해진 인간의 나약함을 스스로 깨우치고 있다.

이 모험을 무지의 용감으로 해결하려 한다면 어쩜 염라대왕 앞으로 서둘러 가는 길일지도 모른다는 공포스런 인식에, 그래도 작은 공간이나마 앉아있을 자리가 있는 보트로 되돌아가야만 했다.

중천의 해마저 무심히 수평선 너머로 떠나가고 대낮의 화창했던 날씨가 저녁으로 접어드니 곧 잿빛 하늘이 드리웠고 이내 추적추적 비가 내리기 시작했다.

오고 있는 겨울을 위해 가을이 준비한 마중물일지도 모른다. 가을비를 뿌린 후에는 추위를 한 움큼 내려놓고 간다.

어느 한군데로 피할 수 없는 허허 벌판과 망망대해의 교차점에서 일렁이는 파도와 불어오는 바닷바람은 시간이 갈수록 오돌오돌 매서운 추위를 안겨주고 설상가상 굶주린 배는 철없이 보채는 아기 되어 칭얼거리고 있다. 오도 갈 수도 없는 망부석이 되어 하염없이 기약 없이 선실 없는 보트에 앉아 운명을 맞이할 수밖에 달리 도리가 없다.

그야말로 암흑천지, 사면초가, 진퇴양난, 어둠 내린 후에도 살길의 투쟁은 계속되었고 고갈된 보트의 연료탱크에서 짜내온 몇 방울의 기름을 타월에 묻혀 불을 붙이고 공중에 떠다니는 모든 물체에 억척스럽게도 불빛을 흔들어 댔지만 백약이 무효,

그동안 지극정성으로 했던 불놀이의 노력도 허사로 돌아가고 허탈한 마음이지만 이젠 정말 마지막 한 방울의 기름은 절대절명의 기회에 쓰기로 하고 손수건을 꺼내 연료통 안으로 들여보내 마지막 한 방울을 탈탈 털어내어 서너 줄기 갈대에 돌돌 말아 여차하면 불을 붙여 위치를 알리도록 준비해 두었다.

오, 랑데부.

가까이 다가오는 듯했다가 멀어지고 멀어지는 듯했다가 주위를 선회하기를 몇 차례. 마치 선뜻 다가서지 못하는 첫사랑의 줄다리기 같다. 이러다가 우리를 못 보고 영영 가버리면 어쩌나…. 마음은 졸일 대로 졸이고 안타까운 순간들은 "here!"라는 무의식적인 절규로 분출되지만 프로펠러 소리에 잠식되어 어림도 없이 어둠 속에 묻힌다.

자, 이제 일생일대의 귀중한 순간에 쓰여질, 암탉이 알을 품듯이 가슴깊이 품었던 비장의 화기, 라이타를 꺼내 점화를 시도한다. '지성이면 감천'이란 이럴 때 쓰는 말인가. 무심한 라이타도 품에 안고 달래면 큰 구실을 함이라.

순간 작은 섬광은 망설임 없이 기적처럼 찾아와 준비해둔 기름손수건에 불이 당겨지고 이 신호를 표적 삼아 곧바로 우리에게 기수를 틀어 구원의 손길을 준 고마운 해안 경비대원들 그리고 잠자리 비행기. 이 순간은 모든 것이 고마움이다. 감사함이다.

헬기의 요란한 날개소리와 거친 바람도 감사함이다.

어느 해 추수 감사절, 용감이 유식에 앞선 예견된 사고로 미로에 선 아마추어들에게 새롭게 생의 감사를 일깨워 준 감사절 날이었다.

호세

소박한 웃음 한 보따리를 온 얼굴에 담고 오늘도 꼰대거리에 나와 휴대용 간이 의자에 몸을 기대어 하염없이 손님을 기다린다. 기다림에 뒤섞여 있을 법한 지루함과 초조함은 찾아볼 수 없고 천직인 양 그렇게 시간과 마주 앉아있다.

Calle de Conde – 꼰대거리.

오래전, 유럽 남서부 지역에서 온 콜럼버스라는 한 정복자가 신무기로 무장한 한 무리의 사내들을 이끌고 이곳 캐리비안을 휩쓸고 다니면서 못된 짓을 하다가 도미니카 공화국의 산토 도밍고에 낙점을 찍고 이곳 바다와 인접한 지점을 기점으로 광장을 만들고 사령탑을 세워 집무를 보았던 곳인데 이곳에 연이어 '꼰대'라는 스페인풍의 거리를 깔끔하게 조성하여 먹자골목을 만들고 시가지를 활성화시켜 경제의 중심지로 활용했던 곳이기도 하다.

지금은 시내 곳곳이 신시가지로 발달되어 있어 예전의 명성은 시들해졌지만 주위에 오래된 유적지나 성당 등이 있어 문화재 차원의 보호를 받는 곳이기도 하다.

이곳은 바다와 인접해 있어 캐리비안 유람선이 수시로 드나드는 길목이기에 관광특구로 구분된 곳이다. 이름하여 '구 시가지'라 한다.

그런데 꼰대라는 뜻을 한반도에 가져다 놓으면 뜻이 좀 유별나서, 구태의연한 사고방식을 타인에게 강요하는 나이 많은 사람을 지칭하는 뜻이 되어 불명예를 안고 있지만 이곳에 오면 지체 높은 '백작'을 뜻하는 것이니 존경과 부러움의 대상이 되어 그들은 너도나도 꼰대가 되고 싶어 한다.

호세는 이곳 꼰대 거리에서 터를 잡고 운수업을 하는 택시운전사이다. 거리를 달리며 손님을 맞이하는 여느 택시들과 달리 거리 한곳에 정차하여 손님을 맞이하고, 차내의 후덥지근한 답답함보다는 거리의 훈풍이 시원한 연유로 간이의자는 필수적으로 가지고 다닌다.

호세의 출근시간은 대략 오전 10시경에 애마를 타고 이 거리에 나와 자정이 지나도록 지나가는 행인들을 구경하며 행여나 있을지도 모를 손님을 기다린다.

이처럼 한곳에 머물며 하염없는 기다림을 하는 주된 이유는, 그 애마가 손님이 가까이하기에는 너무도 털털하기 때문이다. 세수도 좀 하고 군데군데 닳아 떨어진 곳은 짜깁기도 하고 곰팡이처럼 녹슬어 있는 세월의 흔적을 감추고 새 옷을 입혀준다면 한결 깔끔할 텐데 그럴 기미가 영 아니 보인다.

손님이 있으면 좋고 없어도 또 어쩔 수 없으니 크게 개의치 않으니 마음의 적응성은 편할지도 모르나 직업의 적응성은 손님들로부터 외면받고 있음이다. 그러나 그만의 특별한 방법으로 손님들의 욕구에 보답하려 한다. 상태가 이러한지라 남보다 저렴한 할인가격으로 손님을 모신다.

물론 그의 택시엔 있어야 할 미터기가 없다.

택시 허가에 대한 법령은 모르겠으나 "호세, 너만 특별히 눈감아 주겠다." 이런 법령은 있을 리 만무해, 짐작컨대 없어도 무방하거나 위법의 달콤함을 즐기고 있는지 모른다.

애마가 나이를 먹을 대로 먹다 보니 외부는 물론 내부도 성한 곳이 한군데도 없는 상황인지라 섣불리 손보았다가는 배보다 배꼽이 커질 상황이고 그렇다고 내칠 수도 없음은 본인 소유의 큰 부분을 차지하고 있고 또 이 때문에 그나마 운수업을 할 수 있기에 우야무야 그런대로 버틸 때까지 버틸 심산이다.

해서, 전문적인 지식은 아니더라도 애마에 대한 정비는 직접할 줄 알아야 명맥을 유지할 수 있다.

고장이 나더라도 어지간한 것은 직접 수리해야 한다. 이런 상황을 오랫동안 유지해 왔기에 적어도 그 애마에 대한 속사정은 누구보다 잘 알고 다스릴 줄 아는 동고동락의 궁합을 맞추고 있음이다.

뒷 트렁크의 달랑거림을 노끈으로 질끈 동여매고 다녀 임시방편인줄 알았는데 다음해에도 같은 모습인지라 영구적으로 수리했음을 알았고, 차 내부는 천장의 천 조각이 나풀나풀 춤을 추고 씨트와 등받이는 커다란 타월로 감추기는 했으나 살짝 들추고 들여다보니 포탄 맞은 흔적처럼 움푹움푹 파여있다.

그곳 도매기, 낱매기 시장 근처에서는 이러한 차들을 심심찮게 볼 수 있다. 여기저기 상처투성이인 차량, 범퍼 없는 차량, 심지어 문짝 없는 차량도 도로를 질주한다. 그리해도 차량등록이나 운수업의 허가에는 문제가 없다 하니 참 간편하고 편리한 시스템이다. 단 한 가지 '안전'을 제외하고는.

뒷좌석의 바닥은 듬성듬성 도로가 보이는 곳도 있어 스릴을 느끼기도 하지만 롤러코스터도 아닌 것에 흥미를 유발하기란 어느 특정인에게만 한정되었으리라.

그 노구를 이끌고 오늘도 손님을 기다린다. 상태가 이러다보니 하루 종일 맹탕하는 날도 있지만 운수가 대통한 날은 세 탕까지도 뛰어봤단다. 고희를 바라보는 나이인데 순수한 웃음이 남미의 훈풍을 닮았다.

　이는 캐리비아의 여러 섬나라에 비즈니스의 연관성을 두고
계신 S회장님의 본부가 그 거리에 있는 관계로 겨울이면 휴가
삼아 그곳을 여러 차례 방문하면서 자연스럽게 어울리며 알게
되었다.

　S회장님은 측은한 마음에 가끔씩 이 털털한 택시를 이용하는
데 단거리는 그런대로 탈만 하지만 장거리 이용 시에는 좀 걱
정이 되기도 하지만 그놈의 하염없는 기다림에 눈길이 스쳐 가
면 또 측은이 찾아와 호세를 부르기도 한다.

　S회장님이 들려준 장거리 이용후기 한 토막,

　"어이 호세, 공항까지 갈 수 있나?"
　"그럼, 겉은 이래도 잘 굴러가니 걱정마세요."

겉모습뿐만이 아니더만….

공항까지는 약 40분, 꼰대거리 주변이 주로 활동 무대이니 그 거리는 장거리에 속한다.

그래, 가보자. 비행기 탑승 시간을 넉넉히 잡아 그의 차에 올랐고 호기롭게 출발을 했다.

털털거림과 거친 엔진소리와 매연이 문제소지의 삼박자를 이루고 있었지만 징조를 무시하고 잘 달려간다. 이대로라면 염려했던 징조는 오지 않을 것 같은데 30여 분을 달려온 이후 어느 순간부터 거친 엔진소리가 그렁그렁으로 바뀌고 더 이상은 힘들어 못 가겠다고 기어이 땡깡을 토해놓고 만다.

잠시만 부려먹지 오늘은 웬일로 장거리로 혹사시키느냐의 불만인 것 같다.

차는 하이웨이의 갓길에서 멈춰지고 호세는 잠시만 기다리라는 머쓱한 표정과 함께 엔진 후드를 열고 상태를 점검하더니 걱정 말라는 눈치를 주고는 연장통을 꺼내든다.

혹여, 비행기 시간에 맞추지 못할까 걱정이 되어 잠시 노심초사했지만 이내 언제 그랬냐는 듯이 연한 숨소리를 토해낸다.

애마를 당근으로 달랬는지 달콤한 속삭임으로 달랬는지 호세의 손길은 대단한 약손임에는 틀림없다.

사뭇 자랑스러운 표정으로 운전석에 다시 앉아 공항까지 무사히 데려다주었음은 물론이요 정비사로도 인정받았음에 잠재적인 단골손님 한 분을 더 확보한 셈이다.

앞으로도 얼마간은 더 달릴수 있을지 모르겠으나 호세의 무
사고와 애마의 long-run을 기원해 본다. Good luck to U!

인문재, 천기물

"야, 너 정말 섭섭하다. 나한테 그럴 수가 있어?"

좀처럼 연락이 없던 어느 선배님이 친구에게 전화를 걸어와 아무런 설명도 없이 다짜고짜 추궁을 하신다. 순간, 요리조리 아무리 생각을 해봐도 선배에게 무례하게 대했던 적이 없는데 왜 그러실까?

평소 유머러스하고 개그스럽고 낙천적인 선배님이 정색을 하며 섭섭을 토로한다. 이어지는 말씀에 정색은 어디 가고 본색이 드러난다.

"야, 내가 왜 2호로 밀려야 돼?"

그동안 모임 내에서 개그와 친화력으로 인간문화재 1호의 자리를 고수해 온 선배가 미끄럼의 서운함을 따지듯이 털어놓는다. 이 또한 정상 탈환을 위해 감성에 호소하는 고수다운 수법이다.

선배님의 항의성 하소연에 동정이 가기도 했지만 흔들리지 않고 공정성에 근거한 '밀릴 수밖에 없는 이유'를 차분히 설명한다. 한껏 부풀은 풍선 같은 웃음을 꾹꾹 참아가면서….

"야, 너 뇌물 받고 나를 밀어낸 거지?"

ㅋㅋㅋ 이 한마디가 부풀대로 부푼 풍선에 날카로운 핀이 되어 참았던 웃음보를 터트리고 만다.

나름대로 얼마나 억울하고 다급했으면 아무 근거도 없는 유리그릇 뇌물론으로 맞서려고 하셨을까….

하긴 그 귀한 인간문화재의 감투를 아무에게나 씌우나, 뇌물 기여도에 따라 임명할 여지도 있으나 단 한 번도 그런 제의가 들어온 적은 없다.

회원들의 의식수준이 잿빛에 물든 굴뚝새 수준을 넘어 고고한 학 같은 경지인지라 뇌물이란 애초부터 꿈도 꿀 수 없다.

둥글레 인연들.

미국 각지에서 같은 업종에 종사하는 업주들끼리 모여 "즐겁게 살자"라는 motto로 결성된 포럼, 그러니까 같은 비즈니스를 하고 있지만 비즈니스 목적과는 다소 거리가 있는 순수한 놀자

판 모임이다. 주로 부부동반으로 지구촌 곳곳을 누비며 공치기도 하고 먹거리 놀거리를 찾아 여행도 하고 집 떠나면 고생이라는데 그 고생을 신이 나서 즐기는 동심을 잃지 않은 나이든 어린이님들이시다. 가히 모나지 않고 둥글둥글, 둥글레 마음으로 맺어진 인연들이다.

이 포럼이 태어난 지는 이십여 년이 넘었고 불혹과 지명에 만난 회원들이 주축을 이루고 있어 그때의 첫 인연에 두 번의 십 년이 추가되어 이제 많은 분들이 육, 칠부 능선에 이르렀지만 즐겁고 재미있는 놀이에 매진하다 보니 나이는 숫자에 불과하다는 '내 나이가 어때서'의 현실론을 실천하시는 롤 모델들이시다.

어느 단체나 사람이 모이다 보면 백인백색, 각기 다른 개성이 어우러지니 가끔은 작은 잡음이 일기도 하지만 그에 반하여 상당한 재미를 더해주고 있어 작은 잡음은 이내 흔적을 감춘다.
특히 몇몇 분들의 얘깃거리는 오랫동안 잠들어 있던 히말라야 산맥의 만년설에서 갓 깨어난 아기물처럼 신선한 이야기를 데려오기도 하고 설악산 오색 약수터의 톡 쏘는 맛을 안겨주기도 한다.

그 포럼 내에는 스스로 자생한 인간문화재와 천연기념물이 있는데 그 두 분야의 경계선은 모호해서 그때그때 자리다툼의 영역으로 가끔은 오락가락 혼선이 오기도 하지만 둘 다 귀한 보물들인지라 1호의 자리에서 밀린다 하더라도 명예를 지켜주고 또 다음을 기약하는 기회는 어느 쪽이든 언제든지 열려있으니 전열을 다시 가다듬어 차기를 넘보기도 한다.

유력한 예비후보로는 2L님과 2S님이 일각만 드러내 놓고 거대한 빙산의 스토리는 물 밑에 숨겨두고 기회를 엿보고 있다.

포럼의 회장은 선출직으로 따로 있지만 인간문화재와 천연기념물은 별정직으로 선행이 아닌 소문을 근거로 임명하는 바, 그 임명권자는 권법의 메카 소림사에서 수련 받은 것은 아니지만 그와 유사한 논사라는 곳에서 자라오며 배우고 익혀 온 언사를 설법으로 승화시켜 축복의 근원인 음식 앞에서 지긋이 눈을 감고 전지전능의 하나님으로부터 크고 작은 봄바람 같은 신선함과 가을바람 같은 알찬 소망을 쉴새없이 구하여 회원들에게 골고루 나누어 주고 있어 그 입김과 영향으로 권자에 오른 일명, 삐오짱님이시고 이분의 재가를 받아야만 비로소 그 서열이 공식화된다.

이 줄거리는 그분을 통해서 들은 대담과 기담을 토대로 재구성하였고 현장 확인 없이 편집하였으니 다소 사실과 허상의 경계선을 넘나들 수도 있음을 공지함이다.

포럼의 문화재 1호가 되기까지는 본인과 제3자가 음으로 양으로 발표한 내용들을 분석하여 일명 '구설수'라는 지표를 만들어 심사하는 바, 임명권자 삐오짱님의 해명대로 1호에서 본의 아니게 밀려나신 선배님의 오해도 풀고 주위 분들의 이해를 돕기 위해 여기 풋풋하고 小笑한 그 사례를 몇 가지 추스르기로 한다.

우리는 살아가면서 가끔은 전혀 예상치 못한 상황에 직면하게 될 때도 있는데, 황당한 일은 대부분 갑자기 일어나기도 하고 또 몇 차례씩 일어날 수 있지만 하늘이 주는 시련은 쓰임새에 맞게 그 사람의 그릇을 시험하는 과정이라 하니 그 시련을 꼭 불평할 일도 아닐 듯하다.

***

episode 1 - 공항의 이별

1호님이 Washington DC에서의 일정을 마치고 그동안 머물렀던 회원님의 집에서 저녁 8시 비행기를 타기 위해 저녁 식사도 못하고 Dulles 공항으로 가고 있다. 공항은 항상 수많은 만남과 이별들이 뒤섞여 있어 가지각색의 사연들이 산처럼 쌓여 있는 곳이기도 하다. 이제 1호님의 작은 해프닝도 한 점의 사연으로 그곳에 남겨질 것이다.

차에서 내려 작은 핸드캐리 가방을 추스르고 며칠간 함께했던 아쉬움을 빠이빠이로 대신하며 청사 안으로 들어선다. 수많은 사람들과 하나가 되어 항공사 카운터를 찾아 수속을 밟으려는데 날씨 때문이었는지 기체 결함인지 설명도 없이 1시로 delay가 됐단다.

그래 한 다섯 시간 남짓한 시간을 혼자 때우기가 적적하고 무료해 전화를 한다.

"형님, 비행기가 연기됐다는군요. 일이 없으시면 다시 오셔서 저녁이나 함께하시지요."

집에 거의 도착했을 즈음에 이 소식을 듣고는 군소리 없이 다시 공항을 향하여 가고 있다. 집에서 공항까지는 30여 분 남짓, 그리 먼 거리는 아니지만 금방 다녀온 길을 다시 가자니 귀찮기도 했지만 어쩔 수 없다. 혼자 외로이 서성이고 있을 처지를 생각하니 측은한 마음이 들어, "암 그럴 수도 있지." 비행기 delay는 사정에 따라 있을 수 있는 일이라고 마음을 다잡고 공항을 순회 픽업하여 시내 식당으로 향한다. 저녁을 먹으면서 小笑한 이야기를 하다 보니 이내 시간이 되어 다시 공항으로 갔고 그 밤 그렇게 이별을 고해야 했다.

낮 시간에 비해 비교적 한산한 시간이라 여기저기 서성이다 공항 카운터에 가서 신분증을 내밀었더니 delay 시간이 새벽1시가 아니라 내일 낮 1시란다. 제기랄 17시간이나 되는 delay도 있나, 그 정도면 cancel이지. 정말 웃기는 미국 놈들이야. 이 밤중에 나는 어쩌라고….

사실은 자신의 국적도 그쪽이면서 화풀이가 섞인 불평을 늘어놓는다. 불평한다고 비행기에 귀가 있어 듣는 것도 아니고 들어봐야 뉘우칠 처지도 아닌데, 어색함을 감추려는 의도가 다분하다.

다음 날 낮 1시로 delay됐던 것을 새벽 1시로 착각했던 것이다. 늦은 밤이지만 실례를 무릅쓰고 또 다시 콜, 여차저차 탑승 시간이 밤 1시가 아니고 내일 낮 1시라니, 형님이 거시기 안 하면 또 오시면….

미안하고 고맙고….

이렇게 해서 세 번의 이별에도 혹을 못 떼고 다시 와서 데려가야 할 처지가 되었으니 어색함은 잠시, 피식피식 웃음만 나온다.

집에 도착해 보니 친근했던 강아지가 여전히 꼬리를 흔들며 반겨주었지만, 또 왔냐고 눈을 흘기는 것 같은 느낌이 들어 괜시리 강아지한테도 상한 자존심을 들키는 것 같다.

잠도 자는 둥 마는 둥 아침은 밝아오고 시간에 맞추어 공항을 찾아 이번엔 실수없이 Dulles를 떠났으나 발길을 뒤돌아보니 한 번의 이별을 위해 네 번의 이별을 거쳐야 했던 공항의 이별이 인간문화재 후보 스펙으로 쌓였나 보다. 대한항공 승무원 출신의 체면이 영 말이 아니다.

그래도 넓으신 아량으로 동생 회원을 감싸주었던 형님 회원의 발자취가 아침 이슬처럼 영롱한 신선함으로 남아있다.

***

episode 2 - 고삐 풀린 앞바퀴

"내 평생 이런 경우는 처음이오."

40여 년을 자동차 정비사로 일을 해왔지만 어떻게 이런 일이 있을 수 있는지, 정비사는 연신 혀를 차고 차량을 쳐다보며 혼잣말을 한다.

콘밴션 밴 – 다용도용으로 설계되어 있어 장거리나 레저용으로 여럿이 함께 사용하기에는 편리해서 한때는 많은 인기를 누리기도 했었다.

하이웨이, 거래처에서 물건을 싣고 60~70mile(약 100km)로 주행 중이었는데 갑자기 차체가 덜컹거린다. 웬일일까, 도로에 무슨 장애물이 있었던 것도 아닌데. 순간 '우둑' 하는 둔탁한 소리가 운전대에 전해져 오고 순간적으로 브레이크를 밟으며 속도를 줄이는데 이젠 '우두둑'의 단말마 소리가 연이어 들리면서 차체가 휘청거린다.

다행히 속도는 잦아들었고 간신히 갓길에 접어들어 위험한 고비는 넘긴 것 같은데 차체에 붙어있어야 할 오른쪽 앞바퀴 하나가 튀쳐나와 고속도로를 질주한다.

바퀴를 붙들고 있던 너트 하나가 헐렁해지면서 힘의 균형을 잃어버린 볼트가 부러져 나가고 또 다른 하나, 연쇄적으로 다섯 개의 숫놈이 차례로 부러져 나가고 잡을 곳을 잃어버린 바퀴는 그야말로 고삐 풀린 망아지 되어 고속도로를 홀로 질주한다.

뒤따라오던 차량들은 이런 어이없는 상황에 혼비백산 속도를 줄이며 나 홀로 바퀴를 신비한 듯이 주시하며 서행을 하고 있다.

짐작컨대 얼마 전 타이어 로테이션을 하면서 이곳 앞바퀴는 손으로만 돌려놓고 꽉꽉 조이는 것을 깜박했었나 보다.

그래도 그렇지 귀중한 생명을 싣고 다니는 차량인데 미정비 차량을 그대로 출고시킨 부주의한 일이 있을 수 있는가. 그러나 1호에겐 있었던 일이다.

그런 상황에서 고삐 풀려 도망친 바퀴를 찾아 나설 수가 없었으니 누군가 발견한다면 도대체 이것이 왜 여기에 있을까? 하고 깊은 의문을 가질 것이다.

작은 위로라도 받을까 하여 주위에 이런 경우를 당한 사람이 있나 수소문을 해봤지만 오직 나에게만 이런 일이 일어났다니….

하늘에 소망을 구해본다.

하늘이여, 이제는 크게 쓰여지지 않아도 좋으니

그런 위험한 시련은 그만 주옵소서.

***

episode 3 - 맹추의 추억 1

오랫동안 소식을 모르고 있던 친구와 어찌어찌해서 연락이 되어 종로삼가 어느 선술집에서 약주 한 잔씩을 주고받으며 옛 정을 다독이고 있다.

"너 미국에 이민 간 지 꽤 오래되었다며? 그럼 그쪽 사람 다 되었겠구나."

"살다 보면 아무래도 환경에 적응해야겠지. 삶은 여기나 거기나 거의 비슷한데 궁금하면 한번 놀러 오렴."

주거니 받거니 한 잔이 두 잔 되고 두 잔이 서너 잔으로 하다 보니 어느덧 옛날로 돌아가 어깨동무 시절로 변신을 하고 있다.

"야, 난 미국 한 번도 못 가 봤는데 구경 좀 시켜다오."

미국 구경을 하고 싶단다. 말로만 듣고 매스컴에서나 보아왔던 미국의 실제 모습을 보고 싶은데 아무런 연고도 없고 아는 사람이 없어 생각도 못 했는데 오랜만에 만나게 된 친구가 그곳에 터를 잡고 살고 있다니 잘 됐다 싶어 호기심이 부쩍 생긴다.

"그래? 그럼 언제든지 와. 미국은 내 손바닥 안에서 꼼지락

거리고 있으니 오기만 하면 내가 호강시켜 줄게." 서너 잔 술김에 호기로운 약속을 하고는 기약 없이 헤어져 까마득히 잊고 있던 어느 날 연락이 왔다.

한 달 후 모월 모일에 시간을 잡아 놓았는데 가도 되느냐? 맞다, 호언을 한 기억이 있다. 그 시간이 현실로 왔음이다.

이렇게 해서 친구는 미국땅을 밟았고 1호 또한 그 덕분에 오랜만에 바람도 쐴 겸 LA로 마중을 갔고 서부의 여정은 시작되었다.

공항의 만남은 신신한 것. 한국에서 가져온 잔뜩 부푼 꿈도 렌트카에 가득 싣고 서부탐방에 나선다.

우선 첫날은 라스베가스에 들러 여행운을 점치고 운이 좋으면 불로소득인 공짜 돈으로 이번 유랑을 실컷 즐길 수 있으니 생각만 해도 고소하다.

친구는 영화에서나 보아왔던 카지노가 처음인지라 신기해하며 듬직한 1호 곁에 바짝 붙어 돈 사냥이 어떤 것인지 예의주시하고 있다. 왜냐하면 카지노에서 돈 따는 요령을 1호로부터 수없이 들어왔기 때문이다.

그러나 1호가 생각하는 꼼수는 맞아 들어가는 경우는 드물고 대부분 비정기선인 삐딱선을 타고 블랙홀이 있는 위험한 곳으로 항해를 한다.

카지노가 어디 그렇게 호락호락 만만한 곳이던가. 여기에 올

인하면 죽도 밥도 가진 것 모두 빨려 들어가고 빈탕이 되는 것을 경험으로 알고 있지만 친구에게는 비밀로 하고 언제나 승자였던 것처럼 행동한다.

친구이지만 경험의 선배는 체면도 중요시하기 때문이다. 해서 최대한 자제하고 약간의 적선으로 이번 불로소득의 꿈은 접는다.

친구의 최대 기대는 따로 있으니 우선은 거기에 충실해야 한다. 어디나 그렇듯이 북아메리카 서부 지역에도 자연적인, 환경적인, 시대적인 볼거리가 많이 있지만 한정된 시간인지라 나름대로 세운 계획을 실천하고 있다.

그랜드 캐년의 거대한 협곡과 콜로라도 강줄기를 눈에 담고 끝없이 펼쳐진 광활한 지역을 달리고 있다. 애리조나에서 디즈니랜드로 향하는 사막길.

gas gauge가 밑으로 내려가 있지만 크게 의식하지 않고 조금만 더 가면 주유소가 나올 거야. 사막을 사람이 살고 있는 평지와 비교하는 우를 범하고 있다. 달려도 달려도 마지막까지 달려도 주유소는 코빼기도 안 보이고 결국 주인을 잘못 만난 차량은 말없이 길가에 멈춰 선다. 끝없이 펼쳐진 사막길에서 어찌 하라고….

듬성듬성 지나가는 차량에 손을 들었지만 못된 놈들, 그냥 못 본 체 지나가고 설상가상 전화기도 배터리가 나가 먹통, 꼬이기 시작하니 만사의 소통 전화기까지 말썽을 부린다.

마침 아득히 저 멀리 전방에 비상 전화기가 보이고 거기까지 가서 도움을 청하면 묶인 발길은 면하게 되리라. 가끔은 우리 같은 사람이 있는지 비상 전화기를 군데군데 설치해 놓았다. 그 중에 운이 좋으면 바로 가까이에 이런 곳을 만날 수 있으니 불운 중에서는 괜찮은 운이다.

친구는 이 상황을 인식하고 있지만 아무것도 할 수 없는 처지이기에 한 가지 제안을 한다. 잊지 못할 추억거리를 만들어 주고 싶은 속셈이다.

"저어기 멀리 기둥 같은 것 보이지? 저놈이 비상 전화기인데 내가 저기 가서 도움을 청하고 올 테니 너는 여기에 있다가 혹여 지나가는 차량이 있으면 엄지손가락을 곧추세우고 앞뒤로 왔다갔다 하고 있어. 내 금방 다녀올게."

친구에게 히치하이킹을 시켜놓고 비상 전화기를 향해 뛰어간다. 전화를 걸고 오다가 유심히 보니 친구는 착한 아이 되어 지나가는 차량을 기다리며 뙤약볕에 서 있다. 그때 운 좋게도 차량 한 대가 서긴 했으나 뭐라고 뭐라고 하더니 그냥 가버리더란다. 미루어 짐작컨대 아마 하이웨이 페트롤의 도움을 받으라는 조언이었을 것이다.

그의 짐작대로 도움센터에 연락이 닿았으니 히치하이킹을 접고 기다리기만 하면 된다.

사막 뙤약볕 아래에서 기다림의 시간은 열받은 엿가락처럼 길게 늘어나고 그렇게 지루한 약 50여 분이 지나니 경찰 차량 한 대가 비상등을 켜고 접근하더니 10mile 정도 가면 주유소가 하나 있으니 거기서 주유를 하라며 소유하고 있던 휘발유통을 가져와 소량의 기름을 적선해 주고는 씽 하고 가버린다.

비록 소량이지만 묶인 발목의 밧줄을 풀어주었으니, 어려울 때의 도움은 평시의 몇 갑절이라더니 평시에 무심코 지나쳤을 고마움이 사막이라는 불모지에서 받으니 경찰이 더없이 고맙고 이러한 시스템을 갖춘 아메리카가 여유로움으로 비쳐진다.

조금만 유의했더라면 긴 사막길에서의 이러한 엉뚱한 고통과 방황은 없었을 텐데….

금강산도 식후경이라고 자동차도 먹어야 제구실을 한다는 것을 실감했던 여정이었다.

***

episode 3 - 맹추의 추억 2

한적한 시간인 이른 아침에 디즈니랜드에 도착한지라 드넓은 5층 건물 주차장엔 몇 대의 차량만 듬성듬성 주차되어 있어 어느 한곳에 무심결에 주차하고 구경길에 나선다. 시간이 지날수록 사람들은 늘어나고 정오가 넘어서니 이리저리 이동하는 사람들로 물결을 이룬다.

그곳엔 구경거리들이 무척 많은데 그중에 사람 구경하는 코스를 꼽으라면 여기도 만만치 않다.

아이들 놀이문화로 치면 지구상에서 제일 다양하고 으뜸인 곳인지라 아이들 따라서 온 어른들이 무척 많은 것을 보니 어른들도 동심의 세계가 좋긴 좋은 모양이다.

아침에 주차할 때만 해도 한산했던 주차장이 떠날 시간이 되어 가보니 초만원, 어디가 어딘지 감각이 없고 몇 층 어디에 주차했는지 기억이 맹맹하다. 내 차가 아니라서 차종도 기억이 안 나고 오직 끄나풀은 하나, 그것은 일본차.

어디나 주차상은 숫자나 문자로 표시되어 있는데 층수를 표시하는 숫자도 없고 무슨 동물 그림들만 잔뜩 표시되어 있어 그제야 그놈의 동물들이 층수 표시를 하고 있다는 것을 알았다.

차를 찾으려고 뱅글뱅글 주차장을 한 시간을 넘게 뒤졌으나 결국은 찾지 못하고 security 요원에게 찾아가 자초지종을 얘기하고 내 차 좀 찾아달라는 부탁을 해야 했다. 그런데 이 요원은 한 번도 본 적 없는 차량을 1분도 안 걸려 용케도 찾아내더란다.

어떻게?

건네준 키를 전달받고는 여기저기 다니면서 도어 오픈 버튼을 눌러대니 어느 차량에서 '삐' 소리가 나더니 단번에 찾아냈단다. 바로 20여 m 떨어진 거리에 주차되어 있는 것을 그리도 찾아 헤매었다니 친구한테도 면목이 없고 체면이 영 말이 아니고 미국이 손바닥 안에서 꼼지락거린다고 했던 입방아가 민망스럽기만 하다.

왜 그런 생각을 못 했을까.

그때서야 자신의 머리를 한 대 쥐어박고 싶은 가련함이 든다. 그 이듬해 한국에서 그 친구를 다시 만났는데 서양식으로 껴안고 인사를 하며 소곤소곤 속마음을 터놓더란다. 미국하면 생각나는 멋진 추억거리, 어설펐기 때문에 기억에 오래 남아있고 그때 당시에는 말을 못 했지만 자신보다 맹추 같은 친구를 보고 위로를 받았던 추억을 되새기더란다.

***

episode 4 - 존경스러운 상처

Tee off를 앞두고 스윙연습을 하고 있다. 오늘은 버디도 몇 마리 잡고 잘하면 독수리도 한 마리 잡을 수 있을 거라는 모든 가능성을 열어두고 스윙연습을 하고 있다. 티 박스엔 선두 조가 play를 하고 있고 다음 조는 기다리는 동안에 몸을 풀면서 힘을 빼자, 침착하자, 땅 파지 말자, 열받지 말자 등 공치기의 원론을 마음에 새긴다.

처음 티 박스에서의 각오는 첫 홀 두 번째 홀을 지나면서 원론은 어디 가고 스스로 자기 페이스의 길을 찾아간다. 잘 되는 날도 있고 안 되는 날도 있지만 대체로 자신의 페이스에서 크게 벗어나지 못한다. 아무리 야무진 포부를 갖고 있다 해도 볼은 알고 있다. 맞는 순간 어디로 가야 할지를….

여기저기 옮겨 다니며 자세를 잡아가고 있는데 하필이면 힘을 주고 무심코 스윙을 했던 곳이 나무 밑, 골프채가 나무에 걸리면서 우두둑 하는 소리와 함께 어깨 탈골이 왔다. 오래전 태권도 하던 때에 가끔씩 이런 증상이 있었는데 이거 참, 고통도 고통이지만 이미 주사위는 던져졌다. 이십여 명의 동료들을 생각하면 내가 흙탕물을 만드는 미꾸라지가 될 순 없는 노릇이었다. 아무도 없는 화장실로 들어간 나는 각고의 노력 끝에 한쪽 어깨를 원위치로 되돌려 놓을 수가 있었다.

이것이 그날의 운세를 알려주는 전조 증상이었고 하늘은 덜렁거림에 대한 경고를 주었음인데….

예전부터 가끔씩 이런 경험이 있어 상태를 알고 있는지라 주위에서의 병원행의 권유와 염려도 잠재우며 팀원이 되어 합류하고 마지막 조에 배당되어 조심스럽게 플레이를 이어가고 있다. 물론 정상은 아니지만 살살 다독이면 무사히 마칠 수 있을 것이다.

이곳 미국 골프장에서는 한국과는 달리 극히 일부를 제외하곤 캐디 없이 2인이 한 카트를 타고 2개의 카트가 한 조가 되어 플레이를 나간다.

여전히 시원찮은 어깨를 토닥이며 얇은 이슬비가 오락가락

하는 필드를 한 홀 한 홀 가다 보니 9번 홀 파 3, 연못 건너 그린이 동그랗게 물 위에 떠있고 조심스럽게 휘두른 티샷이 그린에 안착을 했지만 나머지 3인은 차례로 퐁당 퐁당, 본의 아니게 물놀이를 하고 있다. 내색은 않지만 상대의 실수는 고소함이고 나의 승리는 즐거운 것. 이것을 한 홀 한 홀마다 주고받으니 재미를 더한다.

이 홀은 이쁜 홀, 크로스 핀에 버디를 잡았으니 가볍게 일 등 먹고 약간의 부수입을 챙겨 10홀로 이동한다.

1등이란 언제나 부러움과 질투를 동시에 안고 있어 뒷꼭지가 근질거리기도 하고 "어깨 아프다"는데 아무래도 엄살 같다는 뼈 있는 농담도 즐겁게 들려오고, 이렇게 옥신각신, 10번 홀에 와서 보니 골프채 하나를 8번 홀에 두고 온 것이 생각난다. 8번 홀과 10번 홀은 거리가 멀어 같이 카트를 이용했던 동료는 계속 play하라고 하고 "금방 다녀 오꾸마." 8번 홀로 혼자 카트를 타고 갔다. 가는 도중에 서두르다가 그만 비에 젖은 돌멩이에 덜컥 걸리면서 핸들이 휘청거렸고 균형을 잃은 카트는 가파른 내리막길 돌밭으로 와당탕 뒤집어지면서 나는 결국 카트 아래에 몸을 깔리고 말았다.

그 과정에서 전화기는 카트에서 나동그라졌고 한참을 몸부림을 치면서 어찌어찌 전화기에 손이 닿아 동료에게 전화를 걸었지만 골프에 정신이 팔린 동료는 전화를 받지 않고 몇 번의 시도 끝에 다른 동료와 겨우 연결되었다.

"나 지금 카트와 씨름하고 있으니 빨리 와서 요놈의 카트를 좀 치워달라."

그때 얼핏 아래를 보니 피가 바지에 흥건히 젖어있다. 넘어지면서 무릎부터 복사뼈까지 날카로운 돌멩이에 스치면서 깊은 상처를 남겼다. 곧이어 신고를 받은 앰뷸런스가 도착하고 응급처치를 하는 와중에 보니 흥건한 피와 섬찍한 상처가 중상임을 짐작케 했고 병원에 도착해 9시간의 수술을 받고 6개월의 재활치료를 거쳐 완치할 수 있었는데 지금도 궂은 날씨면 신호가 오기도 한다. 그때 응급차량이 울리는 앵앵거리는 소리를 듣고 다른 홀에서 공치기에 열중이던 마나님이 "어, 누가 다친 모양이네. 누구일까? 누군지 참 안됐네."
오직 하나뿐인 우리 서방님의 신상일 줄이야….

여름이면 반바지 차림으로 필드에 나가는데 그 상처를 처음 본 사람은 꼭 물어본다. 매번 카트에 깔렸다는 헐푼이 영양가 없는 대답을 하기도 귀찮고 해서

"어, 이거 내가 예전에 불량배들 4명을 상대하면서 옆차기 하다가 흉기에 다친 상처야."
"우와 멋있고 존경스럽네요."

상처도 말만 잘하면 멋이 되고 존경을 받을 수 있다니 그 순

간은 재미가 짭짤한데 아는 사람은 이미 다 알고 있어 진실은 이내 밝혀지고 말지만 1호다운 해명에 웃음을 머금케 한다.

***

episode 5 - 천국 구경

LA의 어느 바닷가, 4주간의 스쿠버 다이빙 교육을 마친 실습생들이 드디어 다이버들의 꿈인 넓고 푸르고 아름다운 해양으로 실습을 온 첫날, 그동안은 주로 풀장이나 얕은 강에서 실습을 해왔기에 기껏해야 개구리나 물방개나 피라미들을 보아왔는데 이제 용왕님이 살고 있는 용궁구경도 할 수 있고 잘하면 인어공주도 만날 수 있는 기회도 생기고, 피노라마의 넓은 바다 밑 세계를 접하는, 잠수의 진수를 맛보는 첫날이다.

젊은 시절, 1호님은 모두가 부러워하는 훤칠한 몸맵시에 튼튼한 체격의 소유자였던지라 훈련소 징집관이 단번에 그를 알아보고 의장대로 차출낙점을 찍어 멋진 제복을 입혀 절도 있는 정형인간으로 만들어 각종 권위 있는 행사장에 불려 다니다 제대한 대한민국의 꽃이기도 했었다.

그때 Fortuna 행운의 여신이 얼굴 곱고 맘씨 고운 안주인님을 만나게 했을 것으로 추측을 하는데 그 사랑의 중심부엔 몸매가 한몫했을 것이라 짐작한다.

이처럼 튼튼한 체력의 소유자가 보이지도 않는 쥐에게 호되

게 당하여 정신을 잃고 천국을 잠시 배회하다 퇴짜 맞고 온 이
야기를 풀어놓는다.

그때 당시만 해도 180cm에 86kg의 건장한 체격인지라 체력
에서는 누구 못지않게 자신이 있었다.

바닷가에서 작은 배를 이용해 100여 m 정도 거리에 정박하
고 있는 큰 배로 가고 그 큰 배는 보다 넓은 바다 한가운데로
일행을 데려가 고기들과 상견례를 시켜주고 울긋불긋 크리스마
스트리 같은 산호초들이 즐비한 아름다운 낙원으로 그들을 데
려갈 예정이었다.

그러나 시간도 충분해 준비운동으로 생각하고 작은 배의 이
동 거리인 100여 m를 수영하여 정박하고 있는 큰 배까지 가기
로 했다.

물론 어제 저녁 친구들과 집에 모여 늦게까지 술을 하느라
잠은 좀 못 자고 술기운도 조금 남아 있지만 체력이 받쳐주고
있으니 그까짓 것, 문제없었다.

또 지치지 않는 수영의 비법을 알고 있으니 3박 4일 동안 수
영을 한다 해도 배만 고프지 않으면 자력으로 현해탄도 건널
수 있다는 자만심이 있었다. 무서운 물속의 쥐를 만나기 전까
지는.

스쿠버들은 만약을 대비해 반드시 2인 1조가 되어 함께 행동
해야 한다. 크게 원한 것은 아니었지만 공교롭게도 교생 중에

서 홍일점인 여인과 조가 짜여 속으로 쾌재를 부르고 폼도 잡으며 허리에 두른 weight(잠수를 위해 허리에 차는 납덩어리)를 이용해 얕은 잠수로 테스트도 하며 오리발까지 착용했으니 한 마리의 행복한 오리가 되어 큰 배를 향하여 유유히 유영하고 있다.

산소 호흡기와 제반 장비를 실은 작은 보트는 뒤에서 졸졸 따라오고….

묘령의 여인이 지켜보고 있으니 우쭐은 덤으로 올라오고 때론 제비수영으로 멋을 더하는데 어느 순간부터 자신도 모르게 물속으로 스르르 잠수, 허리에 두른 납덩이는 물 아래로 내려가는 데 큰 몫을 차지했고, 일행들은 아직 본격 잠수시간이 아닌데 그가 한동안 물속에서 나오지 않는지라 처음엔 장난인 줄 알았으나, 어라? 호흡 한계를 지나도 올라오지 않으니 그때에야 심각성을 인지하고 누군가 급히 잠수하여 꼼짝 못하고 있는 그를 건져 올리고 인공호흡을 시도했으나 깨어날 줄을 모르니 911에 전화해서 헬리콥터까지 긴급 출동하여 아주 급히 병원으로 이송하고 있다.

그는 그때 물속에서 쥐를 만나는 과정을 어렴풋이 기억한다. 요놈이 손에 오는가 싶더니 팔로 전이되고 발까지 오더니 꼼짝 못하게 마비상태가 오는 것까지는 기억하는데 그 후로는 시간과 공간을 초월한 4차원의 세계로 흘러가 완전히 다른 세계를 경험했단다.

물속에서 스르르 마비가 온 시기부터 헬기로 병원이송을 하며 깨어날 때까지 꿈을 꾸고 있었고 꿈속에서 그의 몸은 구름 위에 두리둥실 떠있고 한 마리 극락조가 되어 날갯짓을 하는 대로 자유로운 유영을 하며 상상을 초월할 만큼 황홀한 세계를 경험하고 있다.

끝도 없이 푸른 초원이 펼쳐지는가 하면 어느새 온갖 화려한 꽃들의 향연이 펼쳐지고 꽃잎에 맺힌 이슬도 금방울로 되어있고 향기롭고 먹음직한 과일이 지천으로 널려있는 오직 즐거움만 있는 극락세계를 경험하였으니 어디 평범한 사람이라 할 수 있는가….

평소에는 구슬픈 옛날 가요를 좋아하지만 들어본 적도 없는 차원이 전혀 다른 천상의 음악소리가 무지개색의 아름다운 낙원에 울려 퍼지고 한 무리의 곱디고운 천사들이 그의 주위를 둘러싸고 어딘가를 향해 함께 가고 있던 와중에 마나님이 기다리고 있을 거라는 생각이 언뜻 들어 집에 가야겠다고 신발을 찾고 있는데 신발이 없다. 신발 없이 집에 간다면 고운 마나님의 표정이 변할 수도 있어 두런두런 주위를 둘러보고 있는데 어디서 오셨는지 하얀 소복을 입은 신령님이 나타나,

"너는 누구냐?"

"아직은 올 때가 안됐는데 왜 그리 서둘러서 왔느냐?" 신령

님은 아마도 쥐가 나서 여기에 온 줄을 모르시는 모양이다.

그러나 용케도 신령님은 그가 신발을 찾고 있다는 것을 알고 있더란다.

"이것이 네 신발이니 이걸 신고 집에 가거라!" 하며 신발을 건네주더란다. 그 좋은 곳에서 조금 더 머무르며 황홀하고 귀한 구경을 하고 싶었으나 신발까지 챙겨주신 신령님이 가라 하니 어쩔 수 없이 신발을 받아들고,

"네, 신발을 찾아 줘서 고맙습니다." 하고 웅얼거리며 인사를 하는 순간,

"어, 살았어요, 살았어!"

누군가가 소리치는 소리가 들려오고, 이것이 헬기 안에서 주고받은 환생의 첫 소리였단다. 만약 하얀 소복의 신령님이 신발을 가져다주지 않았다면 그의 영은 아마 지금도 물밑에서 신발을 찾고 있을지도 모른다. 이미 몸은 떠나가고 없을 테지만….

그 신령님께 고맙다는 말도, 작별 인사도 못 드리고 와서 좀 죄송스럽긴 했지만 이승으로 다시 돌아와야만 했다. 아직까지 그 형상이 가슴에 남아있는 것을 보니 미루어 짐작하건대 천국은 살 만한 아주 살 만한 아름다운 나라일 거라 짐작한다. 한

번 다녀온 사람이 보장하는데 믿어도 좋다. 그러나 서울 구경
안 해본 사람이 해본 사람을 이긴다 하니 굳이 우기고 싶은 마
음은 없단다.

한참 잘나가던 시절이라 친구들을 통해서 입소문이 나고 목
사님이 오셔서 "하나님이 구해주셨다." 하여 믿음을 튼실히 하
라 기도하시고, 어머니께서는 절에 다니셨기 때문에 "아니다,
부처님이 구해주셨다." 하여 후한 시주를 하셨단다.

훗날 문화재로 귀히 쓰이기 위해 준비해 둔 귀힌 스펙이었는
지도 모른다.

***

episode 6 - 라스베가스

여기서 그치는가 했더니 삐오짱 님이 1호님의 비밀스런 이야
기 한 토막을 알고 있단다. 이제는 저 멀리로 흘려보낸 철없던
시절, 한때는 달콤한 유혹에 빠져 방황했던 이야기를 한 폭의
인생화에 담아 진솔하게 풀어놓는다.

'라스베가스' 하면 우선은 도박을 떠올리지만 자동차부터 배,
전기, 전자, 세탁기, 냉장고, 식품류, 의류 등 우리 생활에 필요
한 각종 분야별 전시회와 의학, 과학, 건설 등 전문분야의 콘퍼
런스가 사시사철 이어지는 곳이기도 하다. 세계인들이 모여 정
보를 교환하고 제품을 홍보 판매하는 거대한 거미줄의 연결고

리의 장터이기도 하고 전시회뿐만 아니라 각종 기발하고 상상을 초월한 쇼, 유명 연예인 쇼, 물에서 벌이는 기상천외한 쇼, 캉캉 종아리 쇼, 아슬아슬 홀딱이 쇼 등 볼거리가 많다 보니 카지노 서빙녀들이 입는 반딱이-바니 차림은 볼거리 축에도 못 들어간다.

사탄의 유혹.

휘황찬란한 불빛과 슬롯머신에서 쉼 없이 울리는 짤랑짤랑 소리는 누군가의 크고 작은 당첨소식을 알리는 소리지만 정작 손님들의 주머니를 더 빠른 속도로 빨아들이는 소리는 조용하기만 하다.

줄 때는 요란하게 거둘 때는 침묵으로, 도박장의 기본 원칙 중에 하나이다. 손님들의 청각을 자극하여 자신도 한몫 챙길 수 있다는 착각을 일으키게 하는 방법이기도 하다.

먹거리 또한 없는 것이 없는 산해진미이니 비즈니스부터 볼거리 놀거리 먹거리까지 one stop shopping 하기에는 안성맞춤이다.

대신 지출은 좀 해야 되겠지만….

또 하나 빼놓을 수 없는 것은 도박의 도시인지라 역시 갬블링, 카드놀이부터 주사위, 뱅글뱅글 룰렛 등 종류도 다양하다.

눈에 보이는 돈(칩)이 하도 많다 보니 손쉽게 잡을 수 있을 것 같은데 천만에, 그 돈을 잡으려는 욕심이 생기면 어느새 내 주머니에 있는 푼돈까지도 털어주어야 한다.

그러나 영악한 사탄은 사람들에게 고통만을 안겨주지는 않는다.

"옛다, 오늘은 이거나 먹고 떨어져라!"

사탄은 알고 있다. 선심성 약효가 얼마나 뛰어난 효과를 발휘하는지.

그 약을 먹인 이후로는 요염한 미소를 짓고 틈만 나면 그곳으로 오라 손짓한다.

현란한 불빛과 요란한 기계음은 내 편이 되어 황홀함을 안겨주고 금방이라도 부(富)를 거머쥘 듯이 허세가 따라오지만 대부분의 경우 시간이 지날수록 지갑의 두께는 줄어들고 잃은 만큼 본전과 한탕의 심리가 고개를 드는데 그때 사탄의 꼬임에 빠진다면 더 큰 상처를 받는다.

그중에 오늘은 운이 좋아 몇 푼 건진 경우인데, 사람들은 그것을 보약인 양 키득키득 좋아서 먹고 있지만 그것은 쥐약이 되어 어느 날 그 몇 배를 보상하고 배앓이를 해야 한다.

행위의 주체는 사람들 자신이지만 검은 흑심은 아마 사탄의 조정일 것이다. 그 불로소득의 맛이란 얼마나 달콤하고 새콤하고 향기로운지, 그 새콤달콤의 유혹에 정신을 놓다 보면 몇몇은 진짜 정신마비가 찾아와 이성의 순리가 뒤엉켜 하늘 방향이 어디이고 땅의 축이 어디인지 모르는 천방지축의 포로가 되어 패가망신하는 사람들도 더러 있다.

그들은 게임을 오락의 일편으로 또는 순수한 재미를 위해 하는 것이 아니라, 오직 허황된 꿈인 횡재만을 위해서 베팅하는 사람들이다. 그것은 마약과도 같아 하면 할수록 서서히 깊은 수렁에 빠져든다.

더하여 한 가지 확실한 것은 혹여 너무 운이 좋아 천금을 땄다 해도, 따고 끝내는 것이 아니라 더 많은 욕심이 생겨 결국 망할 때까지 한다는 것이다. 망할 수밖에 없는 이유이다.

1호님은 카지노라는 속성을 피부로 느껴 즐기는 오락과 횡재의 경계를 지금은 알고 있는지라 어느 한계에서는 빗장을 치고 있지만 예전에는 사탄의 달콤한 유혹을 받아 곤경에 처한 적도 있었다.

연관된 뷰티 제품의 전시회가 있을 때면 주최 측에서 호텔비와 여러 가지 편의를 제공하고 또한 제조 및 도매업체들에서 신제품 소개 및 다양한 혜택과 정보 교환의 장을 마련해 줌으로써 비즈니스도 하고 바람도 쐬고 휴식도 취하고 때로는 공놀이도 할 겸해서 겸사겸사 회원들과 바이어들이 미 전국 각지에서 이곳 라스베가스로 모여들고 있다.

정기 총회가 아니라도 회원들끼리는 연락망이 있어 어느 누가 오고 몇 명이나 오고 무엇을 할 것인가는 모여 의논을 하는데 그때 1호님께서는 첫날 저녁을 회원들과 함께하고 그 다음 날 전시장에서 잠시 얼굴을 비친 이후로는 연락두절이다.

미루어 짐작하건대 카드와의 결투를 벌이고 있을 것이다. 결투라 해봐야 단발의 M1소총과 거의 무제한 탄알로 중무장한 기관총의 대결인지라 단발로 치고 빠지는 수법을 구사한다면 그나마 약간의 소망은 펼 수 있을 텐데 어디 그것이 쉬운 일인가, 소득이 있다면 더 많은 소득을 위해서 베팅을 하고 지출이 있다면 그만큼 열이 올라와서 베팅을 하게 되니 이성은 길을 잃고 기총 탄약의 뚝심에 결국은 절망과 허무의 선물을 받는 것이 도박장의 예정론이다.

이른 아침 S호텔 로비.

그분께서 꾀죄죄한 모습으로 오고 가는 사람들 틈바구니에서서 누군가를 초조하게 기다리고 있다. 어제 이후로 행불자가 되었다가 나타났으니 그만한 대가는 챙겨 왔어야 했을 텐데 어째 얼굴엔 수심이 가득하다.

제대로 먹지도 못하고 밤잠도 못자고 밤새도록 테이블에 앉아 산수공부를 했으나 열심이었던 대가는 절망과 허탈에 스트레스까지 받았으니 왜? 아니 꾀죄죄할쏜가. 어차피 재미 삼아 잠시 즐기는 게임으로 생각하고 운이 적당히 올랐을 때 그만 일어났으면 좋았을 것을….

부질없는 후회를 해보지만 버스는 이미 떠나갔고 한 가닥 외로움이 비포장도로의 뿌연 흙먼지처럼 마음에 내려앉는다.

그때, 저만치서 낯익은 얼굴 하나가 다가오고 있다.

아, 삐오짱이다!

소박하고 편안하고 수더분한 임명권자를 만났으니 얼마나 반가웠으랴! 어제 낮부터 숫자 공부에 정신이 팔려 식사도 제대로 못 했으니 배도 고플 만한데 상심의 장막에 가로막혀 배고픔도 잊고 있다가 그를 만나니 갑자기 배가 고파진다.

체면은 나중에 챙기기로 하고 우선 용건부터 말한다. 긴말이 필요 없다.

"돈 좀 있어?"

없을 리가 없으니 좀 융통해 달라는 말씀이고,

"나 지난밤에 몽땅 다 털렸어." 분명 자랑은 아닐진대 다급한 마음에 솔직한 고백을 하고 있다. 식비니 택시비니 공항 주차료까지 다 탈탈 털어 보시했단다.

주머니를 뒤져보니 몇 푼 푼돈과 동전이 있어 마지막까지 뭐가 없을까, 희망을 걸고 투자해 보았지만 행운은 눈길 한 번 주지 않고 기계 속으로 빨려 들어갔단나. 짐짓 어려울 때 한 번쯤은 찾아주면 좋으련만 행운은 사탄의 유혹과는 상종도 않는 모양이다.

그런 애처로운 소식을 듣고 모르는 척 지나칠 임명권자가 아니다. 집까지 갈 수 있는 최소한의 비상금을 마련해 주고 따뜻한 식사도 챙겨주는 인정을 베푸니 두 권자님들의 행보는 회원들 사이에서 아름다운 귀감으로 남겨져 있다. 이 또한 아는 사람만 알고 있는 공공연한 비밀이다.

인간의 원초적 본능을 두루 경험하면서 비록 한때의 방황도 허무도 결국은 1호의 틀 안에서 유머러스하게 해결하고 민초들의 중심에 선 1호님의 행보는 반면교사의 일화로서 시사하는 바가 크다.

***

episode 7 - 불심검문

1호님의 고향은 서울 효자동이다.

서울에서도 한복판, 거기에서 나고 자란 순수한 아스팔트 보이, 종로통의 산증인이라 할 수 있다. 이 효자동이 한때는 내시들의 집단거주 지역이었던 관계로 고자동으로도 불렸다 한다.

그런데 씨가 없어 후손을 만들 수 없었던 동네가 효의 효시가 되어 '효자동'이 된 것은 아이러니하지만 문화재 1호를 배출할 만큼 특출한 명당자리임은 틀림없다.

그런 고향땅, 종로에서의 일이란다.

이번엔 1호님 혼자서 종로거리를 옛날을 회상하며 걷고 있는데 저만치에서 행인들을 주시하고 있던 전경 하나가 다가와 주민증을 요구한다. 아무런 잘못도 없고 특이한 행동도 하지 않았는데 불심검문에 찜을 당한 것이다.

필드에 자주 다니다 보니 얼굴은 검게 그을려 졌고 옷은 얼룩덜룩 특이한 차림이고 모자는 오리 주뎅이처럼 생긴 납작한 플랫캡을 착용하고 있으니 그 전경의 눈에는 한국사정을 모르는 북쪽에서 파견된 요원이거나 아니면 멀리 서쪽나라에서 온 불법 체류자로 착각했었나 보다.

오늘은 미심쩍은 인물을 제대로 골랐다고 확신을 했는지 의기양양하여 주민증을 요구했고 주민증이 없다 하니 의혹은 증

폭되고 불심검문의 1차 소환대상을 제대로 찜했다고 생각해서인지 위 아래로 훑어보며 목소리에 힘이 잔뜩 실려있다.

하지만 없는 주민증을 어떻게 내놓으란 말인가.

대화로 해결하려고 했지만 그럴 상황이 아니라고 판단되어 소지하고 있던 미국 여권을 보여주니 이것 말고 주민증을 보여달랜다. 이것이 신분증이라 얘기해도 계속 주민증만 요구한다. 주민증은 세계공용증이 아니지만 이 여권은 세계 어디를 가도 인정해 주는 신분증인데 고향땅에서는 인정받지 못하고 곤혹스러운 시간을 보내고 있다.

환장이란 이럴 때 하는가 보다.

"근데 아저씨, 그 많은 사람 중에 왜 나만 잡는데?" 돌아오는 대답은,

"의혹이 있어서 경찰서에 가서 조사해야 하니 협조해 주십시요."

도대체 의혹이 무엇인지 설명도 없이 의혹을 내세우니 기가 막힌다.

그런 옷차림을 나름대로 멋으로 여겨왔는데 불심검문의 대상으로 추락한 자신의 모습에 동정심이 들기도 한다.

막무가내로 주민증을 요구하는 성화에 근처에 근무하고 있

는 친구에게 전화해 자초지종을 설명하니 한달음에 달려오고 전경은 전경대로 동료를 호출하고, 전경과 옥신각신하는 모습을 보고 지나가던 시민들이 모여들고, 1호님은 거리에서도 spotlight를 받는 안타까운 능력을 보여주고 있다.

그의 동료와 주위에 모여든 사람들이 하나같이 입을 모아 "이것이 신분증이다." 입증하니 그때서야 무엇을 깨달았는지 경례를 붙이며 "죄송합니다."

기분은 짓이겨진 호박죽처럼 뒤죽박죽이었지만 초짜 경관님의 다짜고짜 추진력이 어찌 보면 젊은 시절 순진했던 자신을 보는 것 같은 연민의 정이 들어 "알았다, 수고하시라." 쿨하게 마음을 내려놓았단다.

그러나 그 내려놓은 마음 한구석에는 여전히 의문이 생긴다. 찜을 당할 바에는 커다란 경품이나 복권에 당첨될 일이지 하필이면 하고 많은 사람 중에 콕 찝혀 의혹의 찜을 당한 것은 그리 유쾌한 일이 아니다.

하지만 평범한 사람들과 달리 이러한 일련의 일들을 두루 겪으며 생의 과정을 부정적이 아닌 웃음의 씨앗으로 남기고 생활의 활기로 전환시키는 탁월한 능력을 믿고 하늘이 맡기신 소명이라 믿는다.

"Looking back, moving forward to the Happy ways!"

희귀한 돌

담 1

그날은 미주뷰티협회 주최로 뷰티 헤어잡화 전시회가 New Jersey에서 있던 날이라 미국 전역 곳곳에서 모여든 리테일러들과 도·소매 및 importer 등 뷰티와 연관된 많은 굴지의 회사들이 참석하여 신상품을 전시하고 홍보하고 정보도 주고받는 상생의 현장으로 단일 업종으로는 미주한인 최대의 비즈니스, 뷰티 쇼가 있던 날이었다.

그날 저녁, 뉴욕 플러싱에 있는 한 고깃집 대형식당. 널찍한 홀 안은 저녁을 먹기 위해 모여든 손님들로 초만원, 또한 S회사에서 거래처 손님들을 이 식당으로 초빙해 배가 남산이 되도록, 술이 곤드레가 되도록 베풀고 함께 어우러지는 즐거운 시간.

식당 메인 홀은 일반 손님들이 차지하고 있고 그 옆 한곳 제

2홀은 가림막이 있어 초대받은 손님으로 북적이는데 그 테이블 한쪽에서 웅성웅성 버블이 일더니 이내 큰소리가 홀 안에 울려 퍼진다.

순간 많은 사람들의 시선은 그쪽으로 향하고 의아한 눈빛으로 그곳을 주시하고 있다.

웬 쌈박질인가?

언뜻 들으니 무슨 대가리 뭐라 하는 것 같은데 무슨 놈의 쌈 빡질이 이놈저놈도 아니고 대가리로 할까? 아 그러고 보니 "백대가리"란다.

머리 색깔로 시비하는 싸움, 서로 흰머리를 가졌음을 자랑하는지 아님 서로가 구박하는지 알 수 없는 묘한 실랑이, 나만이 가져야 되는데 너도 가지고 있어 못마땅하다는 질투의 다툼으로 가닥을 잡으려니 아무래도 뭔가 찜찜하다. 동서고금 너나없이 남녀구분도 없이 중후한 멋을 더해주기 위해 때가 되면 하늘이 공평하게 내리는 선물인데 독식하려 함은 어불성설 아닌가.

사람들은 흰머리를 감추느라 염색을 하고 머리에 젊은 힘을 주는데, 물론 백발이 좋다며 톤을 바꾸는 사람도 있지만 무밭에서 배추 구경하는 것만큼 희귀하고 개성 있는 사람의 몫으로 치부하고 있다.

요는 언성을 높여가며 싸울 만큼의 주제가 아니라는 점인데,

주위의 시선은 아랑곳없이 삿대질도 불사하며 언성을 높이고 있다.

항간에 떠도는 소문에 의하면 불구경과 싸움구경이 구경중의 으뜸이라는데 희대의 싸움구경을 할 수 있는 기회가 자연스럽게 펼쳐짐이다.

자세한 내력은 알 수 없으나 불혹의 막바지에 남보다 서너 걸음 앞서 흰머리를 두른 두 분이 테이블을 사이에 두고 용쟁호투의 결연한 포효로 "백 대가리" vs "백 대가리"를 서로 주고받고 있다.

흑백 싸움도 아니고 서로가 백발이니 싸워봐야 승패가 나지 않는 별무소득일진대 대중을 옆에 두고 싸우는 모습이 춘삼월에 발정 난 수사슴처럼 서로 기를 쓰며 머리를 디밀고 있다. 수사슴은 여사슴을 소유하는 것이 목적이라든데 둘 사이에 혹여 흰머리를 좋아하는 여사슴의 스토리가 있는 것은 아닐까….

모든 싸움은 여차저차 사연이 있어 그 사연을 중심으로 시비가 전개되고 나름대로 이치에 맞는 말로 자기 의견을 주장하는데 동사도 형용사도 부사도 없이 백대가리라는 "氣" 하나만으로 서로가 팽팽히 버티고 있다. 얼굴표정은 표도르이나 자세히 들여다보니 마음표정은 삼용이.

주위에 있던 모든 이들의 입가에 미소로부터 파안대소까지 피어나게 만드는 진정한(?) 싸움의 진수를 보여주고 있다. 싸움은 말리고 흥정은 붙이라 했던가, 타고난 흑발을 간직한 누구는 저리 싸우는 것은 그들보다 하수이나 나잇살은 그들보다 상수인지라 "두 분 어르신들 진정하시지요."

　나잇살로 점잖게 중재하려 했으나 백두들의 다툼에 자칫 휘말렸다가는 두 백두님들이 휘두르는 "흑두는 가만있어!" 불호령이 떨어질 것 같아 끼어들지 못했지만 그날 싸움은 중재 없이도 허드슨 강물처럼 유유히 흘러갔다.

　***

　흔히 사람들 사이에서는 이런 성품의 소유자를 좋아하고 따른다.

　명석한 두뇌에 단정한 옷차림, 몸에 밴 예의범절, 어느 틀에 맞추고 있으면서도 어느 순간 기성복을 벗어 던지고 하늘하늘 자신만의 멋을 도출하는 멋쟁이. 주어진 일에 끼와 남다른 열정을 가지고 유행을 창조하는 사람. 소탐대실의 허허실실을 꿰뚫고 작은 것에 연연하지 않고 내어주는 넉넉함, 주워 담지 못할 말은 하지 않는 책임 있는 말씨. 게다가 노래면 노래, 춤이면 춤, 못하는 것 빼놓고는 다 박수 받을 만큼 능수능란 다재다능한 인물.

　이런 사람은 받은 것 없으면서도 그냥 이쁜 사람이 아닐까.

　물론 우리 주위에 흔치는 않지만 귀히 존재한다.

　앞에 언급한 그 두 분 백두님 중의 한 분의 스토리인데 백 점은 아니라도 상당 부분이 유사하다.

아무튼 주관적인 견해임을 전제로 하는 뒷담화이니 담수호에 가두지 마시고 흐르는 강물에 띄워 보냄이 순리이고 보신일 듯….

성은 금이요 이름은 귀한 돌, 순 한국식으로 풀이하면 이렇게 된다. 유추해 보면 실명이 쉽게 도출되는데 그분의 명예가 있는지라 손안에 있는 명패는 감추어 두어야겠다.

이름대로 '귀한 돌' 우리 뷰티업계에 다이아몬드 같은 존재이다. 선친께서 또한 선견지명이 있으신지 그에 딱 맞는 이름을 지어주셨다.

신제품개발에 앞장서고 미주헤어시장에 유행을 창조하고 지역사회 봉사에도 앞장서는, 바로 위에 언급한 재주를 두루 갖춘 분이다.

담 2

뉴욕 슬럼가에서 작은 가게로 시작한 비즈니스를 발판으로 눈썰미와 선견의 지혜를 조합하여 헤어Import업에 진출, 유행을 창조하여 뜀박질하다가 그대로 프로펠러를 달고 하늘에 도전하더니 이젠 제트엔진을 달고 미주시장뿐만 아니라 전 세계시장에도 오색 향연을 뿌리고 있다.

어디 노력 없이 이루었겠는가, 남모르는 노력과 열정과 끼가 조합하여 오늘을 만들었으니 그 산하에 달러를 선두로 대장군 3이나 4가 뒤따르고 그 뒤로 장졸들 동그라미 8개 원화로는 11개에 이르는 기업을 이루었음이다.

한국의 1964년 수출총액이 1억불을 달성했다 하여 수출탑을 세우고 전국적인 규모의 기념행사를 가졌던 기억이 새롭다.

물론 지금은 근 5천 배의 기하급수적인 성장과 세계 11위의 무역대국이 되었지만 한 회사에서 35년여 만에 이토록 놀라운 발전을 이룬 것은 한국인의 자랑이요 긍지라 아니할 수 없다.

앞으로도 지구촌 곳곳으로 항해하여 무궁한 발전을 이루기를 기대해 본다.

담 3

지금도 있는지는 모르겠으나 플러싱에 S라는 아담한 오픈스테이지 주점이 있었다.

중후한 한국의 유명 개그맨이 유랑차 뉴욕에 들렸다가 상당 기간 눌러앉아 토크쇼 겸, 개그 겸, 사회자 겸을 했던 곳이기도 한데, 주점이니 술이 없을 수 없고 누구나 가볍게 한잔하면서 노래도 하고 타령도 하고 하루의 희로애락을 내려놓으며 주위 사람들과 눈인사도 나누고 한쪽 귀퉁이에 작은 스테이지도 마련하여 춤도 출 수 있는 공간을 만들어놓은 이른바 한국식 칠공팔공 같은 주점이었다.

허스키한 목소리에 열정적으로 몸을 열광시키는 로큰롤에 강열한 비트의 하드록을 수준급으로 소화시키는 프로급인지라 그곳에서 하룻밤 출연료 20불의 스카우트 제의에 솔깃하여 비정규직 가수로 취직하여 낮에는 회사일로 바쁜 일정을 보내고 밤에는 무대에서 짭짤한 수입도 올리기도 했었다.

물론 그곳에서 수입과 지출로 생긴 잉여자산은 사생활 영역인지라 윙크로 갈무리함이 옳을 듯하다.

담 4

인천공항 출국장, 탑승 시간에 여유가 있어 한 식당에서 간단한 요기를 하고 나가는데 두 손에 푸짐한 음식을 들고 누군가 반갑게 인사를 한다.
평소 같으면 우연한 만남에 두 손을 맞잡고 여차저차 요모조모 했을 텐데 이미 두 손은 만석.

"어, 좀 드실래요?"

진정 줄 기미는 보이지 않는데 선뜻 내어놓겠다는 배짱이 고와 보인다. 그러나 애써 line-up해서 들고 온 음식을 얌체스럽게 가로챌 생각이 전혀 없고 이미 두드릴 만큼 통통배가 되었으니 점잖게 사양했으나 김밥에 우동에 이것저것, 두 트레이

가득한 양을 보고, '얼마나 배가 고팠으면 머슴상을 주문했을까'와 '에너지 발산이 많으니 저리 많이 먹어야 스마트를 유지하나 보다'가 교차하기도 했다.

중국 거래처에 들렸다가 막 도착해 미국에 들어가는 길이란다. 그날 어느 항공사는 식사 한 끼를 절약했으리라. 암튼 고장 난 식성으로 뚱뚱배가 되더라도 회사를 위해서 업계를 위해서 뛰고 있는 활기찬 모습을 보고 깨달음이 온다.

많이 먹기 위해서 더 열심히 일한다.

중국음식보다 한식이 훨씬 더 맛있다.

많이 먹는 만큼 더 스마트해진다.

그분에 대한 작금의 동선은 적극적으로 알려고 하지 않아 잘 모르겠지만 오늘도 목마른 천리마가 물을 찾아 달리는 형상으로 모든 일에 열정을 쏟으리라 믿으며 더하여 하늘의 보살핌도 함께하여 상생의 big brother가 되기를 기원해 본다.

Can you fire?

어디에서고 십여 분만 벗어나면 들판이 보이고 뒷마당에 사슴이 심심찮게 산보하는 조용하고 아름다운 중동부의 작은 도시에서 터전을 잡고 어제 같은 오늘로 而立의 세월을 뿌리내리며 살아오고 있다.

"Sam, 어디야? 빨리 스토어에 와봐야겠는데."

오랫동안 자기 일처럼 함께 일한 Latonya(타냐로 부른다)의 다급한 호출이다.

지루함이 다가올 때면 가끔씩 일터를 벗어나 오리, 갈매기, 비둘기, 원앙 등 온갖 새들이 놀고 있는 강가에 나와 시름과 스트레스를 흐르는 저 강물에 슬며시 내려놓곤 한다.

옛날 중국 태평성대 때의 허유와 소부 이야기 한 토막이 떠오른다. 요임금으로부터 왕위를 물려주겠다는 말을 들은 허유

는 자신의 귀가 더럽혀졌다며 기산의 영수 시냇물에 귀를 씻었
고 그 얘기를 들은 허유의 친구 소부는 더럽혀진 물을 자신의
소에게 먹일 수 없다며 냇물을 거슬러 올라가 소에게 물을 먹
였다는 일화가 생각나 슬그머니 알 수 없는 미소를 지으며 혼
잣말로 중얼거린다. "저 강물도 시름과 스트레스로 오염되었을
텐데… 비밀로 해두어야겠다."

"무슨 일이야?"

"#*&@쏼라쏼라%$."

"그래, 그러면 911에 전화해서 힘 세고 총 가진 사람을 보내
달라고 해."

좀처럼 없던 일이라 다급한 호출에 가슴 쓰다듬으며 일터로
돌아오니 두 대의 경찰차가 이미 파킹장에 자리잡고 있었고 가
게 안에서 조서를 꾸미고 있었다.

나를 보자마자 경찰을 제쳐두고 씩씩거리면서 '타냐'의 설명
이 시작된다.

보스가 경찰보다 높은가 보다 ㅎㅎ.

하긴 어떤 개구스런 친구 사무실에 매달아 놓은 피카소 그림
같은 글귀가 떠오른다.

"Boss is always right!"

"아 글쎄, 좀 전에 까만 잠바에 후드를 깊게 눌러쓴 어떤 사내가 스토어를 한 바퀴 휘~이 둘러보더니 나가더라고. 근데 약 5분 후에 노란 잠바의 남자가 들어와서 하는 얘기가, 좀 전에 까만 잠바 사내가 들어오지 않았느냐고 묻더군. 그 남자 하는 말이 "Stick-up"(강도)하려는 징후가 다분한 녀석이니 조심하라는 거야. 얼마나 가슴이 떨렸는지 혼났다구."

"그 사람은 그걸 어떻게 알았지?"

"그 사람도 누군가에게 전해 들은 것 같은데 아마 black list 에 올려진 사람 같애."

그렇다면, 제임스 본드가 대적해야 할 상대를 나보고 대적하라는 것인지, 들풀 같은 보스가 존 웨인의 총 날리는 흉내를 낼수가 있을려나….

까만 잠바의 사내는 다시는 오지 않았고 작은 소동은 그렇게 아무 일 없이 마무리되었다.

가게 안에는 보안장치인 알람과 CCTV가 곳곳에 설치되어 24시간 녹화되고 커다란 모니터 화면이 입구 정면을 비추며 허튼 수작에 대비하여 일차 경각심을 알리고 만일의 사태에 대비해 완벽은 아니지만 나름대로의 보안 역할을 하고 있다.

"Sam, 우리도 Gun을 구비하자. 아까 노란 잠바의 남자가

Gun이 있느냐고 물어보길래 있다고 했거든."

"그래 잘했다. Gun possession permit을 신청하라고… 알았
다."

"Then, Can you fire?"

"물론이지, 쏠 거다." 결의 어린 표정으로 자신만만하게 대답
한다. 다른 직원에게도 묻는다.

"슈리카, 너도 쏠 수 있어?" 얼굴에 알쏭달쏭한 미소를 흘리
면서 대답한다. "그럼 당연하지!"

두 여인네들이 마치 마초의 경합을 벌이는 것처럼, 오거니
가거니 죽이 잘 맞는다.

"그런 못된 놈들에게 당하면 착한 사람들은 어찌 살라고."

"아, 그래. 그렇다면 한번 생각해 보자." 평소 바퀴벌레나 좁
쌀만 한 거미를 보고도 기겁을 하는 여인네들이 스토어를 위해
서 '잔 다르크'가 되겠단다.

근데 민첩한 날강도님들이 그녀들의 대적에 당하면 얼마나

억울해할까….

  몇 마디 덧붙인다. "총을 주문할 동안에 만약 강도가 들어와 돈을 요구하거든 무조건 다 줘라. 제일 중요한 것은 사람이니 절대 반항하지 말고 다 줘버려라." 대범한 척 일러둔다.

  사실 인사사고가 스토어 내에서 일어나면 여간 귀찮은 일이 아니다.

  사고에 연관된 당사자는 물론이요 장사에 막대한 지장을 초래하고 주위의 소문과 법적인 문제와 재판으로 인한 시간소모, 변호사 선임 등 얽히고설킨 일들로 오랜 시간 동안 시달림을 당할 것이다. 모든 일에 바로 눈앞의 이익을 대입하는 것보다는 조금은 손해 보는 마음가짐도 더 큰 손해를 예방하는 지름길이리라.

  십여 년 전 어느 날인가 친구와 두런두런 상의를 했다. 친구 동네에서 강력사건이 터져 비상대책으로 총기 구비를 심각하게 고민한 적이 있다. 다른 도시에 비해 안전한 도시이지만 대비책이라는 생각에서였다.

  용감한 대한민국의 군대에서 3년을 단련받은 몸이지만 총기 앞에 속수무책으로 당하느니 한번쯤 고민을 할 필요가 있겠다 싶었다.

  해서, 겸사겸사 두어 번 사격장에 간 적이 있다.

진열대에 진열된 수백 가지의 총들과 카운터 뒤쪽으로 수많은, 아니 수천 가지인지도 모르는 총들이 즐비하게 준비되어 있다. 그중에는 사격을 스포츠로 즐기는 다양한 개인 소장품들도 있고 서부개척 시대의 골동품부터 최신형의 총기들까지 골고루 진열되어 있다. 신원을 확인하고 주의사항을 세세하게 알려준다.

사격 시의 주의 사항은 군대에서 익히 들어 알고 있지만 그들은 안전사고에 대한 주의 사항들을 다시 한번 주지시켜 준다.

오랜만에 만져보는 총, 내가 군대에서 취급했던 M-1이나 캘빈소총은 아니지만 요령은 같다. 두뇌의 명령에 따라 검지가 순발력을 발휘해야 하는데….

실탄을 받아 사격대에 서서 비행접시를 맞추는 클레이 사격을 시도했다. 투사기에서 하늘 높이 던져진 접시를 맞추는 것이다.

피~웅, 소리를 내며 접시가 포물선을 그리며 날아간다. 그 순간, 느슨했던 검지를 당기고 탕! 하는 귓전을 때리는 소음이 일어난다. 총알은 호기롭게 날아갔지만 비행접시는 원반을 유지한 채 유유히 숲으로 사라지고, 30여 개의 원반이 하나를 제외하고는 헛'탕'이 되었다. 쉽지가 않다. 요령과 숙달이 필요함이라 스스로 위로하며 총을 내려놓는다.

그래도 하나는 건졌다. 순전히 운인 것 같다.

다른 사람들은 잘도 맞추던데….

대부분의 초보자는 한 지점에 총구를 고정하고 격발을 하는데 요령은 비행하는 접시를 따라 총구를 움직여 조준, 격발하란다.

목표물이 산산조각 되어 사방으로 흩어지는 순간에 희열을 느끼기도 하지만 귓전을 어지럽히는 소음도 그렇고 실력도 맹탕이나 다름없는 백분율 3.3으로 나에게는 총기 스포츠에 재능이나 흥미도 없는 듯하다.

총 사는 것을 적극 검토하겠다고 호언을 했으나 33분의 1밖에 안 되는 솜씨로 어설프게 사용했다가 엉뚱한 사람 잡는 일밖에 더하겠나 해서 총을 소지할 마음은 손톱만큼도 없다. 손톱이 아니라 복권 잭팟에 당첨될 확률만큼도 없다.

당한다는 것은 억울한 일이지만 귀중한 생명이 다치거나 불귀의 객이 된다면 더없이 가슴 아픈 일이리라.

그런데 호기롭게 호언을 했는데… 호언이 공언으로 밝혀지는 날, 뻔뻔스럽게 한마디 덧붙여 말해주리라.

"두 발 뻗고 자는 사람이 장사도 잘한다더라. 자, 장사나 잘하자."

혼자 놀기

협회 회의가 있을 때나 전시회가 있을 때면 으레 만나 오순도순 의견도 나누고 저녁 시간이 되면 소주잔을 부딪치며 위하여!를 주고받았던 선배님이 어느 날 스토어를 정리했다며 연락이 왔다.

이제 자유로운 영혼이 되었으니 훠이훠이 대해를 유영하며 바람처럼 살고 싶다며 신명이 나셨다.

뒤바뀐 바람.
외로운 섬마을 소년의 이야기가 아니다.

"아우님, 어떤 방법이 없을까? 정말 죽을 지경이구만. 하루하루가 고역일세. 오늘은 그럭저럭 가고 있지만 내일은 또 무얼 하며 보낼까? 눈만 뜨면 지독한 고민이 머리를 감싸는구만."

이젠 힘이 좀 부치기도 하고 여생을 좀 더 편히 지내보려 삼십여 년을 동고동락했던 스토어를 정리하신 그 선배님의 하소연이다.

평소 소탈하시기도 하고 부지런하신 성품으로 보아 잠시라도 무엇인가 하지 않으면 좀이 쑤실진대 몇 달을 할 일 없이 지내셨다니 부러움을 받을 만도 한데 하소연을 하시는 걸 보니 아직은 뭔가 할 수 있는 알파가 잠재해 있음이신가 보다.

이젠 바람처럼 유영하며 자유로이 살고 싶다고 신명이 나셨던 분인데 몇 달 만에 그 바람이 큰 고민거리로 뒤바뀌셨다.

선배님의 행복한 고민을 좀 더 들어보자.

"나이가 들어가니 잠에서 왜 이렇게 일찍 깨는 거야. 그래도 은퇴 전에는 일찍 일어나면 일터에 나가 이것저것 준비도 하고 없는 일을 만들더라도 부지런 떨며 혼자 히죽거리며 오늘은 어떨까 하는 기대의 재미가 있었는데…. 신새벽인지라 기지개를 켜고 일어나도 갈 곳이 없고 딱히 할 일도 없어 주섬주섬 일어나 물 한 잔 마시고 핸드폰을 들고 침대에 다시 누워 세상 돌아가는 뉴스도 보고 이것저것 검색도 해보지만, 모든 게 심드렁하고 나와는 무관한 비 오는 날 개구리 울음소리로 다가올 뿐이네."

그동안 일터 때문에 한국을 가더라도 오래 체류할 수 없어 아쉬움이 많았었는데 이번엔 훌훌 털어버린 일상인지라 은퇴 후 제일 먼저 한국을 찾아 어린 날에 심어두었던 옛 친구도 만나 옛정도 토닥이며 밀린 회포도 풀어보고 여기저기 여행도 다니면서 "옳지 여기구나!" 하고 마음에 닿는 산천이 있다면 그곳에 살만한 터전도 하나 마련할 겸 느긋하게 마음먹고 고국땅을 밟았건만 한두 달 시간이 지나니 그마저도 시들해져 3개월 만에 돌아왔단다.

"오랜 외국 생활로 나도 변했지만 한국도 예전의 추억만은 아니더군. 사람도 강산도 인심도 너무 많이 변해 꼭 꿰다놓은 보릿자루마냥 멀뚱멀뚱 지내다 왔다네. 나이 들면 추억을 먹고 산다는데 그 달콤한 젊은 날들의 추억은 어디에 머물러 있는 것인지…."

정년이 되어 은퇴를 하면 흔히들 '인생의 황금기'라 칭한다. 그동안 열심히 일한 당신, 이 상을 받으시요 하고 시간도 주고 경제적인 여유라는 큰 상을 주었는데 그 큰 상이 갈 곳을 몰라 혼돈의 시간으로 흘러간다면 삶의 의욕마저도 흔들릴 것이다.

나이가 들어감에 따라 신체변화로 인해 예전의 그 왕성한 활동력은 줄어들고 그 자리에 무료함과 외로움이 채워진다면 인생의 황금기가 자칫 우울기라는 장애에게 그 자리를 내어줄지도 모른다.

미국의 현대 화단에 돌풍을 일으킨 '리버맨'이라는 사람은 위의 선배님 경우처럼 은퇴를 하고 할 일 없이 집에서 빈둥빈둥 소일하고 있던 중 우연히 미술에 대해 관심을 가지게 되었고 약 10주간의 그림 공부를 거쳐 그림을 본격적으로 그렸는데 100살이 넘은 나이에도 왕성한 의지와 열정으로 101세에는 스물두 번째 개인전을 가졌던 바, 평론가들은 그를 두고 '원시적 눈을 가진 미국의 샤갈'이라고 극찬했다고 한다.

이처럼 은퇴 후에 찾아오는 귀한 시간을 잘 활용하여 숨겨진 재능을 재발견하는, 제2의 전성시내로 만드는 사람이 있는가 하면 무료함과 무력감의 늪에 빠져 허우적거리는 사람도 있다.

지구상에 존재하는 거의 모든 생물들은 일정한 틀 안에서 그냥 산다. 그러나 진화된 생명체일수록 감정의 수위가 달라지고 그 최상위에 포진한 인간은 행복을 삶의 최종 목표로 하고 있다.

그냥 사는 것보다는 즐겁게 사는 것이 행복의 길일 것이다. 그러나 행복은 스스로 나에게 다가오지 않으므로 내가 행복에게 다가가야 한다. 행복은 예견되어 있음에도 노력하지 않고는 잡을 수가 없다.

그럼 어떻게 노력해야 행복을 불러들일까.

경제학의 아버지라 불리는 애덤 스미스는 행복론에서 그 방법을 제시하고 있다.

익히 들어왔던 내용들이고 지극히 공감이 가는 부분들이라 잠시 소개해 본다.

* 지금 자신이 가진 것을 축복이라 생각하고 현실에 감사하라.
* 자기 자신을 사랑하라. 나는 이 세상에서 유일한 사람이다. 그것에 기뻐하라.
* 운명이 레몬을 주었다면, 그것으로 레몬주스를 만들어라. 알파를 창조하라.
* 긍정적인 생각을 하라. 긍정적인 생각은 창조적인 에너지를 발산시켜 과거에 얽매여 고민할 시간과 마음을 없애준다.
* 유쾌하게 생각하고 행동하라. 그리고 딱정벌레와 싸우지 말라. 사소한 일에 너무 신경 쓰지 마라. 현명한 사람에게는 하루하루가 새로운 생활이다.

그렇다. 우리는 사는 동안 행복한 삶을 추구하는 것이 최대 목표일 것이다. 은퇴 후 찾아온 가을 같은 토실토실한 결실인 시간과 경제의 환경은 그것을 거머쥐기에 제일 적합한 시기일지도 모른다.

자신만을 위한 적절한 시기이기에 자투리 시간도 놓치지 말고 혼자 노는 법도 배워 제2의 황금기를 맞이한다면 하루하루가 새롭고 행복한 삶이 가까이에 머무르지 않을까….

혼자 노는 것을 주저하지 마라. 변화는 혼자일 때 불현듯이 찾아온다고 한다. 혼자 놀 줄 아는 사람은 그 변화를 즐긴다 한다.

누구나 각기 다른 개성만큼 재능 하나씩은 가지고 있다. 개

개인 내면의 세계를 들여다보면 무엇인가 하고 싶은 욕구와 갈증이 잠재해 있을 것이다.

젊은 시절에 이런저런 이유로 해보지 못했던 일들이나 호감을 가졌던 일들을 찾아 길을 떠나보자.

무심하게 놓아두면 녹이 슬고 잡초로 덮여질 뿐, 녹이 슬어 못쓰게 되는 것보다 닳아져 못 쓰게 되는 것이 낫다. 자신이 가진 talent를 녹이 슬게 버려두지 말고 닦고 활용해 보면 하루하루가 새롭게 다가올 것이다.

여기서 잠시, 재미있는 역사 속의 한 인물, 기이하게 노는 혼자놀기의 달인 명나라 황제 정덕제의 행적을 재미삼아 한번 보자.

그는 자신에게 주수라는 이름을 하사하고 대장군의 직위를 내려 황제 본인이 대장군 본인에게 칙서를 내리기도 하고 대장군 본인이 황제 본인에게 글을 올리기도 하고 또 상을 스스로 내리기도 하는 등 기괴한 생각과 행동으로 신하들을 괴롭혔다고 한다. 이 황제에게는 놀 만한 친구가 없어 그만의 혼자 노는 방법이었을 것이다. 언제 어디서나 남의 이목에 노출되고 간섭받는 친구 없는 황제보다 관포지교 유유상종의 친구 있는 서민이 얼마나 큰 축복인가!

아담 스미스의 이론처럼 하나밖에 없는 자기 자신을 사랑하고 지금 가진 것에 감사하며 긍정적인 생각으로 내재해 있는 레몬의 새로운 가치창조에 합류하면 생의 기쁨과 활력을 자신과 또는 타인과 연결되는 길이 열릴 것이다.

혼자놀기의 참맛은 새롭고 낯선 곳에서 맞이하는 '진짜 나'일 수도 있다.

그럼 혼자 놀기에는 어떤 놀이들이 있을까?

물론 백인백색, 사람마다 개성이 있고 취미가 다르기에 놀이도 다르겠지만 주위를 돌아보면 주어진 시간을 알차게 보내는 사람을 많이 볼 수 있다. 지역사회와 어우러져 봉사하는 나눔의 선을 베푸는 사람도 있고 컴퓨터 코딩이나 그래픽 등에 취미를 붙이시는 분들, 음악이나 악기, 그림이나 시 짓기, 글쓰기 등 개성에 따라 실로 다양할 것이다.

내 어릴 적 친구들 중에 플루트와 팬플룻을 맛깔스럽게 연주하는 2인조 개미와 짱이가 있는데 봉사활동의 일환으로 남는 시간을 활용해 소외계층에게 다가가 아름다운 선율을 들려주고 지역사회 행사에도 적극적으로 참여하고 때로는 친구들을 초빙해 버스킹도 하는 아름다운 행보로 바쁜 하루를 이어가고 있다.

얼마 전 10월 어느 날 한국방문 중에 왕년의 김반장이 반장으로 있는 색소폰 앙상블 연주회에 다녀온 적이 있다. 다양한 종류의 색소폰으로 20여 명이 모여 연주를 하는데 그렇게 재미있고 신나고 맛깔스러운 색소폰의 하모니는 처음이었다. 물론 현역에서 생업에 종사하시는 분도 있지만 많은 분들이 은퇴를 하고 취미활동으로 틈틈이 시간을 내어 음악도 하고 친분도 나누는 참으로 아름다운 모임의 앙상블 연주회였다.

그리고 친구들끼리 모여 마련한 '가을 음악회'라는 이벤트에 참여한 적이 있다. 각자 자신이 좋아하는 분야, 즉 성악이나 노래를 부르거나 악기 등을 연주하며 함께 어우러져 지냈던 그 시간들이 남촌에서 불어오는 페어리의 요술 같은 불빛 스파클링으로 마음에 남겨지기도 했다.

출연자와 관객들이 친구들인지라 잘하면 좋고 못해도 개의치 않는 그런 음악회, 아름다운 수니와 수기의 꾀꼬리 같은 목소리도 있었나 하면 서비의 우레 같은 목소리도 있었고, 짱이와 혁이의 색소폰 연주, 웅이의 아코디언, 화니의 맛깔스런 오까리나, 추억을 불러오는 성이 으니의 기타 연주, 수니와 보의 이중창, 성이의 노래, 그리고 공사판 소음 같은 삼시기의 멋대로 음정박자도 있었으나 모두가 웃음으로 화답하고 격려박수로 감싸주었던 참 마음 편한 음악회였다. 참 피아노 반주를 맡았던 화니의 이쁜 딸은 음악회에 큰 도움을 주었었지. 고맙다, 지은아.

"좀 못하면 어때."

못해야 잘할 수 있는 기회가 생기는 거지.
어차피 프로도 아니고 어우러짐이 목적인데, 이런 경험을 토대로 다음엔 공사판 소음에서 벗어나 공연장 마음이 되도록 부지런히 혼자 놀면서 연습해야겠다는 다짐도 든다. 이것도 견물 생심으로 작용하는 걸 보니 다음에 기회가 된다면 또 참여하고 싶어진다.

뒤늦게 시인이 된 서비라는 친구는 바쁜 일정에서도 쪼가리 시간을 오목조목 활용하여 글도 쓰고 오페라도 하고 뭔가 해보고자 하는 의욕이 대단하다. 나이가 들어가도 여전히 빛을 발하는 친구들이다.

매일 똑같은 하루가 계속되어도 지루하지 않은 생활, 삶이 풍부해진다고 믿는 사람. 또 그렇게 살기 위해 노력하는 사람은 혼자 놀면서 익혀온 취미나 특기를 함께 노는 곳에 합류시켜 즐거운 하모니를 창조하지만 혼자 놀 줄 모르는 사람은 자신에게 주어진 귀한 시간과 탈랜트를 지루함과 무료함으로 소일하는 우를 범하고 있음이다.

경쟁에서 가장 두려운 것은 천재도 아니요, 노력하는 사람도 아니요, 주어진 현실을 놀이처럼 즐기는 사람이라 했다.

놀이처럼 혼자 즐기다 보면 여럿이 함께하는 곳으로 흘러가 즐겁고 보람 있는 하루하루가 요술의 양탄자로 새로이 짜여질 것이다.

은퇴 후에 주어진 황금 같은 나만의 시간을 구슬에 꿰어 행복을 창조하는 그런 삶을 우리는 '멋'이라 하지 않을까.

그 멋이 찾아들면 "그래, 이 맛이야!"라고 할 것 같다. 선배님은 지금쯤 이 '맛'을 꿰고 계실까.

해볼까?

세계화 시대에 살고 있는 현대인들에게 영어의 영역은 폭넓은 소통의 수단으로 사용되고 있다.

의학, 과학, 천문, 문화 등 다양한 학술분야에서 영향력을 가진 많은 논문들이 영어로 간행되고 국제계약은 물론 각 나라간의 교류와 일상에서도 국제어로서의 역할을 하고 있다.

이러한 이유로 얼핏 보면 지구촌 곳곳에서 제일 많은 인구가 사용할 것 같은데 사실은 약 4억 명 정도로 원어민 사용 인구수로는 세 번째라 한다. 그런데 이보다 더 많은 사람들이 사용하는 두 번째의 언어는 무엇일까?

그것은 남미 대부분의 나라와 스페인 본토에서 약 5억 명이 사용하는 스페인어라 한다.

이 언어를 이해하면 이베리아 반도와 그에 인접한 즉 포르투갈, 프랑스, 이태리 등의 언어들과도 유사한 점이 많아 학점으로 치면 교양과목의 2,30 학점은 안고 들어갈 것이니 더불어

배우기에 한결 수월할 것이다. 물론 첫 번째는 인구가 월등히 많은 중국.

스페인 여행길에 그들의 입간판 하나도 이해하지 못했던 무지함을 깨닫고 불현듯이 "해볼까?"의 호기심이 발동하고 일상 생활 외에는 특별한 임무도 없이 놀고 있는 두뇌에 "해보자"를 통보하고 나니 울 함무니 칠순 넘어 한글 공부하시겠다며 어린 손자 선생 삼아 가나다라… 삐뚤빼뚤 하시던 기억이 새롭다.

한 글자 터득하시고는 신나 하시고 한 글자 잊으시고는 낙담 하시던 울 함무니, 손자가 육부 능선의 녹슨 머리를 다독여 멀고 먼 스페인어에 도전한다면 무어라고 하실까.

당신은 고희도 넘은 나이에 손수 한글 도전의 의지를 잊으시지는 않으셨을 터, 고작 육부 능선에 있는 손자에게 비 오는 날 자동차 와이퍼처럼 왔다갔다 하는 손사레를 치지는 않으시리라.

모르긴 몰라도 "그래, 해봐라."로 하명이 내려올 듯해서, 그 가상의 하명을 받아온 지 오 년여, 조금은 알 것도 같은데 깜박깜박이 출입을 수시로 하여 귀찮지만 또다시 초빙하여 붙들어 두기를 반복하고 있다. 조상님의 후예답게 신나와 낙담의 길을 답습하고 있지만 취미 삼아 하다 보니 재미도 쏠쏠하다.

언어란 일상에서 자주 사용하고 현실과 부딪쳐야 콩나물처럼 빠르게 성장하는데 혼자서 쉬엄쉬엄 하다 보니 거북이 천릿길 되어 남은 길이 요원하지만 어학자의 길을 걸으려는 것도 아니고 세르반테스의 문학자의 길은 더더욱 아니라서 그리 급할 것은 없지만 이쯤해서 간단한 일상적인 소통은 가능하리라는 배짱이 생긴 걸 보니 스스로가 기특하다.

'깜박깜박' 까마귀와 무척 가까운 줄 알았는데 사용해 보니 가끔은 관심사항에 있어서는 ET의 손에서 분출되는 섬광을 방출하기도 하여 신기하기도 한데 혼자서 놀 수 있는 나만의 방법 중의 하나이고 대부분이 나이가 들어갈수록 수치가 올라간다는 치매 예방에도 탁월한 효과가 있으리라 본다.

깜박거리는 증상을 예전에는 그저 건망증이라 무심으로 생각했는데 이후 어느 날, 매장 진열대에 필요한 제품을 가지러 창고로 가는 사이.

"어, 뭐였드라?"

가끔 이런 현상이 찾아와 치매로의 진입이 아닌가 하는 의문이 들어 검사를 받아봐야 했으나 진짜 양성판명이 나면 우짜꼬, 미리부터 세상사 다 산 것처럼 의기소침이 찾아올 테고 더불어 의욕부진도 어깨동무할 거고 해봐야 도루묵이라는 자포자기도 끼어들 테고 백세시대에 온갖 좋지 않은 것들이 손을 내밀지도 몰라 다소 의도적이고 긍정적인 메모리 테스트를 해본 결과 아직은 쓸모가 있다고 자가판정을 내려 스스로를 위로하고 있다.

여기서 잠시,

예전에는 나이가 들면 뇌세포의 재생이 불가능하다고 여겨왔는데, 미국 컬럼비아 의과대학 연구진에 의하면 나이가 들어도 뇌세포는 계속 성장한다고 발표하였다. 놀랍게도 뇌는 신체 중에서 유일하게 늙지 않는 장기라 한다.

물론 늙지 않는다 해도 나이가 들어감에 따라 호르몬의 영향으로 내외부적인 변화에 따른 두뇌에서 내리는 인지능력이 여러 요인의 반응에 따라 두어 걸음 차이가 있을 것이라 본다.

내가 소유하고 있는 지령탑도 예외는 아닐 것이다.

예전에는 간단한 메모리, 이를테면 익숙지 않은 사물의 이름, 단어 등을 암기하는 것이 두렵고 귀찮았는데 그 귀차니즘이 깜박하게 하는 주범이었음을 뒤늦게 인식하고 있다.

원래 명석함과는 저만치 거리가 있음을 자각하고 있지만 나이가 들어갈수록 탱탱하고 활기찬 젊은 날에 비하여 순발력은 저하되고 판단력은 그동안 축적된 경험들과 협의해야 하니 아무래도 느려질 것인데 주요 요인은 쓰지 않아서 녹이 슬었을 뿐 가지 않아서 잡초가 덮여있을 뿐 쉬엄쉬엄 닦고 조금씩 걷어내어 사용해 보니 모터보트는 아니라도 돛단배는 되는 것 같다. 어쩜 순풍을 만나면 호기를 누릴 수도 있겠다.

멈춰 서 있는 세상의 삼식이들에게 무엇인가 좋아하고 흥미로운 일이 있다면 갈고닦아 대로를 만드는 일에 과감히 도전해 보라고 권하고 싶다.

독서당 개도 맹자 왈 한다는 삼 년도 지나고 시간 날 때마다 스페인어 기초문법을 백수가 동네길 쏘다니듯이 수십여 번 반복하여 다니다 보니 그 동네길 모퉁이에 어느 누가 살고 있는지, 어느 집이 가인이네 집이고 어느 집이 명섭이네 집인지 외양은 어느 정도 알 수 있을 것 같기도 한데 복잡하고 세밀한 대도시 내부 사정까지는 알고 싶지는 않고 작지만 친숙하고 뼈대 있는 동네길이라도 잊지 않고 다닐 수 있으면 하는 바람이다.

그러다 보니 정성과 눈길이 그 쪽으로 향하고 관심이 생기다 보니 서반아 풍의 사람을 만나면 괜시리 이뻐 보이고 삐죽삐죽 아는 체도 하고 싶고 쓰잘데없이 말을 붙여보기도 한다. 그중에 몇몇은 호감어린 눈길로 말벗이 되어주기도 하는데 1, 2단의 동네길만 다녔으니 3, 4단의 도시길이 깔리면 귀가 막히고 입이 얼어버리기도 하지만 그래도 여기까지 와준 것만이라도 고마워 "옳지 잘한다." 하고 스스로를 토닥여 주기도 한다.

여행이란 무작정 떠나는 것은 일면 매력이 있다. 미지의 세계에 대해 공부를 하고 떠나면 관심이 증폭된다. "해볼까"의 진취성이 또 다른 호기심을 불러올 것이라 믿는다.

그동안 틈틈이 기회를 만들어 그 언어의 역세권에 다니는데 그곳에 있는 한국친구들은 물론 다양한 현지인 친구들도 몇 있어 서로의 안부를 주고받기도 한다.

특히 도미니카의 경제특구 거리에서 조그만 좌판을 벌려놓고 시계나 핸드폰을 수리하는 손 재주꾼 라파엘은 그의 주변에서 일어나는 특종 뉴스들을 수시로 sns로 알려주기도 한다.

이들은 도미니카를 거점으로 남미뿐 아니라 세계여기저기를 훨훨 날아다니시는 S회장님의 측근(?)이기도 해서 애착이 들기도 한다.

비록 백수의 골목길 같은 소통이지만 그것이라도 즐길 수 있음에 감사하며 그동안 모르고 다녔던 풍경과는 또 다르게 더욱 다채로운 색깔로 다가올 듯하다.

"해보자!" 도전의 힘이다.

월경 스님

나는 이 스님을 생각하면 남모르는 한 보따리의 행운을 거머쥔 듯이 알 수 없는 미소가 입가에 번지고 호수에 살포시 내려앉은 물안개 같은 평안이 마음에 깔린다.

거기에 오미자 같은 오묘한 맛에 덤으로 구수한 숭늉의 정감까지 두루 갖춘 에메랄드빛의 나의 오랜 소꿉친구이다.

스님이라 하여 영적으로 영감을 주거나 사바세계에 대해 설법을 한 적은 한 번도 없지만 언제나 푸근히 부담 없이 다가와 잡다한 번뇌도 자기만의 심플한 해법으로 해결하는 도사의 기질도 있고 어쩌다 이슬이의 혜택을 진하게 부여받은 때는 잠재해 있던 끼가 인위적인 방법이 아닌 자연스런 신기로 바뀌어 가상의 이치가 현실이 되고 현실은 얼렁뚱땅 진실로 진입을 하는 오묘한 도력을 발휘하는 것이 구름 타고 자유자재로 유랑하는 손오공을 닮았다.

***
입문

　어느 모임에서, 마이크 잡고 애써 포장하여 자신을 소개하는 그런 MT식 소개는 아니었고 거창한 모임의 성격도 아닌 먼 남쪽나라에 살고 있는 어느 지인의 초빙으로 세계 여러 지역에서 유랑 삼아 초대받은 초면의 인사들이 열댓 명 두런두런 모여든 자리 – 장난기 어린 S회장님의 내외빈 인사소개가 이어지고 잠시 이 친구 이름을 깜박하여 범상찮은 외모를 보고 대충 소개하다 보니 '스님'이 되었고 그에 더하여 법명이 없으면 안 된다 하여 아리송한 '월경'이란 법명까지 시사하였던 바 그때 그 모임에 함께했던 초면의 사람들은 그를 오리지널 월경 스님으로 알고 있었다는 후문이다.

　슬쩍 이 친구의 표정을 보니 이런들 어떠하리, 저런들 어떠하리 한여름 드렁칡처럼 유유자적하는 여유로 마치 남 얘기라도 듣는 듯이 키득키득….
　스스로 스님이라 칭한 적은 없으나 남들이 그리 불러주니 고맙게 받아들이는 여유가 바람처럼 유연하고 바위처럼 흔들림이 없다.
　원래대로 해석하면 月(월)景(경)으로 은은하고 고상한 달빛을 의미해 그 스님께 딱 어울리라고 지어주신 법명이지만 세상은 원리보다는 자기 맘대로 해석하기를 좋아하니 엉뚱한 해석으로 흘러 입가에 묘한 미소를 남기기도 한다.

어릴 적 정글 같던 머리숱이 이제는 휑한 벌목현장이 되었지만 머리카락이 없어 이렇게 시원할 수가 없다며 그나마 남아있는 몇 가닥마저도 더 시원하게 정리하고 보니 자연스럽게 스님의 호칭 반열에 오른 것이다. 이는 '긍정'이란 행복의 어원을 꿰고 있는 철학자요, 피할 수 없으면 즐기는 도인의 삶을 살아가고 있음이리라.

진실과 신의를 갖추고 있으면서 신의의 거짓말도 곧잘 하다 보니 양치기 소년이라는 애칭도 갖고 있다.
물론 남에게 해악을 끼치지 않는 선한 목자이다 보니 주위에 신자로 보이는 이들도 꽤 있기는 한데 주로 酒席 자리에 국한되어 있으니 그 선을 넘으려면 도력에 정진해야 할 텐데 그럴 기미가 전혀 아니 보인다.
스님이, 부처님 말씀은 안중에도 없고 금존미주에 설레어하며 옥반가효에 눈웃음치고 가성고처의 분위기를 즐겨하는 것을 보니 부처님의 가르침인 성불을 이루기엔 전도요원하기만 하다. 스님으로 치면 '땡'자 스님인데 스님의 자질론 또한 무심으로 일관하다 보니 이러쿵저러쿵 남의 이목에는 전혀 관심이 없다.

시원한 머리를 두건으로 감싼 지가 한 세월 흐르다 보니 여러 스타일의 두건패션을 창조하여 멋을 더하고 한쪽 귀에는 이

집트 파라오 왕들이 즐겨 착용했다는 값비싼 황금을 댕글댕글 달고 다니며 애교스러운 멋을 연출하는 센스 있는 스님, 허허 실실의 재미를 더해주는 아주 세속적인 스님이다.

　내 눈엔 이리해도 저리해도 세속적인 풀이 아닌 꽃으로 보이고 꽃 중의 꽃, 불가의 연꽃으로 다가오니 왜 아니 귀하지 않을손가. 오래 숙성되고 발효된 만큼 약효도 뛰어남이다.
　야, 삼식아. 아르헨티나에서 온 양반, 내가 진짜 스님인줄 아나봐. 글쎄 나보고 어는 절에 근무하느냐고 물어보네 ㅋㅋㅋ.
　오늘도 두건 쓴 사내가 반도땅의 이른 새벽을 열고 있다. 이마에 흐른 땀이 두건으로 스며든다.
　그 땀에 젖은 두건은 님의 성실생을 찬양하는 열정이리.
　따스한 미소는 한줄기 은은한 달빛 되어 넉넉한 마음으로 행복을 노래하리.
　부처님의 자비와 예수님의 사랑으로
　세상을 품으리!

어떤 이별

하이, Bill!

봄이 오는 길목에서 모처럼 인사를 나눈다
자그마한 화삽을 들고 봄꽃을 심고 있다.
옆집과 담이 없으니 뒷마당에 나오면 부담 없이 뒤뜰 동무가
되어 이야기를 주고받는다.

야윈 얼굴에 병색이 완연하지만 환하게 화답한다.

How are you, Sam!

옆집 Bill 하부지는 5년 전에 이곳으로 이사와 이웃이 되었
다. 평지에서 13년을 살았으니 이젠 산속에서 살고 싶다고 산
속으로 홀연히 떠난 Daniel 하부지 떠난 자리에 이사 왔는데

이곳이 나고 자란 고향이란다.

바로 옆집이지만 아침 일찍 출근하다 보니 마주칠 일이 별로 없어 일요일이나 휴일에 뒤뜰에서 가끔씩 마주치는 정도였다.

Nancy 함무니는 Bill 하부지 부인이신데 우리를 보면 동지섣달 함박꽃 보듯이 그렇게 반기신다.

고맙기도 하지만 이야기보따리 한번 풀어 놓으면 미시시피 강처럼 길어진다. 셋째 며느리가 한국 여인인데 참하고 살림 잘하고 스마트하다고 칭찬이 자자하다. 얘기 속에는 한국인에 대한 숨겨진 연민이 소록소록 풍겨 나온다.

이쯤해서 나무도 다듬고, 여차저차 밥값을 해야 하는데, 정이 많은 함무니 아직도 두물머리 양 강의 뱅뱅이 물줄기 되어 지난번 들려준 그 얘기에 또 다시 맴맴 맴돌고 있다.

그랬다.

친근감 있게 인사를 주고받았던 Bill 하부지가 이토록 도란도란 다감한 부인을 남겨두고 손때 묻은 꽃삽도 한켠에 놔두고 먼 길을 떠나셨다.

평소 다니던 교회당에서 은은히 울리는 할렐루야를 들으며 화사한 봄꽃을 가슴에 품고 영원한 나라, 하늘세계로 길을 잡으셨다.

여기,

영원한 이별을 앞에 두고 마지막 남기고 가신 한 편의 글, 영

혼이 자유로워지니 고개를 떨구지 말고 함께 나누었던 '사랑'을
기억하자며 남겨진 사람들을 위로하는 이별이 잔잔한 물결로
가슴에 다가와 옮겨본다.

"Miss me But Let me go."
"나를 못 보게 되어 서운하지만 이젠 나를 떠나게 해주세요."

나에게 주어진 마지막 날이 다가왔을 땐
나를 향한 태양은 지고 있을 거예요.
슬프고 어둡고 침울한 분위기 속에서의
이별의식은 원치 않아요.
내 영혼이 자유로워지는데
눈물은 왜 흘리시나요?
내가 떠나 지금은 조금 서운하지만
그리 오래 가지는 않을 거예요.
그러니 고개를 떨구지는 말아주세요.
우리가 한때 함께 나누었던
사랑을 기억하시면 돼요.
서운하지만 이젠 떠날게요.
오늘 내가 가는 이 여행은
우리 모두가 가야 할 길이고
누구라도 혼자서 이 길을 가야만 해요.
그것은 창조주가 만들어놓은

영원의 집으로 가는 첫 걸음이랍니다.

당신이 외롭고 마음이 아플 때는

위로해 줄 친구를 찾아서

슬픔을 잠재우세요.

그것이 최선의 길일 거예요.

나를 떠나보내 서운하지만

나에게 주어진 때가 왔으니

이제 나를 떠나게 해주세요.

Miss Me But Let Me Go

When I come to the end of the day
And the sun has set for me
I want no rites in a gloom-filled room.
Why cry for a soul set free?
Miss me a little, but not too long
And not with your head bowed low.
Remember the love we once shared–
Miss me, but let me go.
For this is a journey we all must take
And each must go alone.
It's all a part of the Maker's plan,
A step on the road to home.
When you are lonely and sick at heart
Go to the friends we know
And bury your sorrows
In doing good deeds–
Miss me, but let me go.

In Loving Memory Of
William "Bill" Robert Conner, Jr.

Date of Birth
March 14, 1927

Date of Death
April 8, 2013

Time and Place of Funeral Service
1:30 p.m. Sunday, April 14, 2013
Centenary United Methodist Church
New Bern, North Carolina

Officiating
Reverend Susan Pate Greenwood
Reverend Bryan Huffman

Interment
Greenleaf Memorial Park
New Bern, North Carolina

Arrangements By
Pollock~Best Funerals & Cremations
New Bern, North Carolina

Dear Deer

"엇, 뭐야?" 이 말이 채 끝나기도 전에 '쿵' 하는 육중한 소리가 차체에 울린다.

어스름한 저녁, 하루 일과를 마치고 집으로 가던 길, 동네 길목으로 접어들어 서행 중이었는데 빼곡히 들어선 나무 사이에서 송아지만한 사슴 한 마리가 막무가내 앞뒤 가리지 않고 건너편으로 질주하는 바람에 '쿵'을 하고 말았다. 전혀 예견치 못한 사슴의 돌진에 순간 브레이크를 밟았으나 일은 이미 벌어졌고, 그나마 다행인 것은 서행길에서 일어난 일이고 급브레이크 덕분에 큰 사고는 아닌 듯하다.

Dear deer 1

나는 오늘밤 당신을 만나 십년감수를 했소.

오래전 내가 알고 있는 선배 한 분이 한밤 운전 중에 오늘처럼 돌발 상황을 만나 당신을 피하려다 전복사고를 일으켜 심각한 피해를 입어 병원신세까지 진 적이 있소. 그 생각이 언뜻 스치니 예기치 못하는 상황이 바로 이런 것이로구나 실감이 듭디다.

Deer, 당신 또한 뜻하지 않은 사고로 무척이나 놀랐을 거라 짐작은 하지만 벌러덩에서 금세 훌훌 털고 일어나 그야말로 후다닥 줄행랑을 치는 것을 보니 큰 사고는 아니라서 다행이지만 어쩜 한동안은 교통사고 후유증에 시달릴지도 모르오.

우리네 인생살이 같으면 마땅히 자초지종과 시시비비를 가려야 할 것이나, 따로 법과 규율이 없는 아담과 이브의 시대를 살아가는 디어 당신들과는 특별한 매개체가 없으니 딱히 보상할 방법도 없고 소통할 수 있는 언어도 없으니 어찌하리오.

더구나 하나같이 똑같은 옷을 입고 있어 누가 누구인지 구별할 수도 없고 주민증이나 ID를 소지하고 다니는 것도 아니니 어디에 사는지도 모르고 찾아갈 수도 없으니 유감인 마음을 전할 길이 없구려. 하지만 우리네 법규로는 당신이 무단횡단했으니 일차적인 책임은 그쪽에 있다는 걸 명심하고 다음부터는 각별히 조심해야 할 듯하오.

나도 알고 있소.

당신이 하고자 하는 말을.

무단횡단이 불법이라는 것은 당신네 인간들이 만들어낸 것이라고, 우리 사슴들은 언제 어디에서고 자유롭게 활보할 자유와 권리가 있다고.

그럼 그리 해보시구려.

고속도로를 달리다 보면 가끔씩 목격되는 뭇 동물들의 참상은 아무 데서나 활보할 자유와 권리의 결과물일 것이니 참조하시든지, 아님 하나님께 부탁해 보시구려.
인간과 함께 사는 것은 너무 힘이 들고 불편하고 위험하니 따로 별 하나를 만들어 그곳으로 이주시켜 달라고 떼를 쓰시든지….

하나님의 심오한 배려가 있기 전에는 운명적으로 함께 지구에서 공존해야 하는데 이런 불상사는 계속 일어날 수도 있음이요, 우리네와 당신네들 사이에는 다치면 무조건 다친 이가 손해 본다는 이해관계를 염두에 두고 인적이 있는 곳에서는 두리번을 잘해야 천수를 누릴 것이요.
어스름 저녁에 무슨 그리 급한 볼일이 있어 환한 헤드라이트 불빛도 무시하고 막무가내로 길을 건너려 하였소. 우리네 사람들도 쌩쌩이가 무척 편리하기는 한데 너무 무서워 전후좌우 살피고 또 살피면서 횡단의 결심을 한답니다.

"오 분 먼저 가려다 오십 년 먼저 간다."는 암시가 서두름의 경각심을 일깨워 준다오.

당신네들은 삶의 가장 근본적 환경 욕구인 입고 먹고 누울 곳이 숲속에 지천으로 널려있으니 거기가 파라다이스이니 위험한 인간사회에 굳이 기웃거리지 마시고 숲에서 지내시는 게 서로를 위해 좋을 듯하오. 그러나 일 년에 딱 하루는 루돌프가 착한 일을 해야 하니 그때에 그를 보내 주신다면 아마 침체되었던 서로의 분위기를 화기로움으로 만드는 데 일조를 할 것이오만.

Dear deer 2

우리 동네 사람들이 그럽디다.

그것도 이구동성으로, 예쁘기는 한데 무법자의 횡포를 부릴 때는 한 대 쥐어박고 싶다고. 한두 번도 아니고 상습적으로 행패를 부리니 어쩔 땐 너무 밉답니다.

흔히들 놀부 심보가 못됐다 하지만 호박 줄기는 그대로 두고 호박에다만 말뚝질하는 놀부는 그래도 된 편이요 — 줄기까지 난도질하는 사슴보에 비하면 조족지혈이라고.

무슨 일이 있었냐고요?

이쁜 거 좋아하는 엄마가 꽃집에서 선별하고 선별해서 사온 화초를 화분에도 심고 화단에도 심고 더 이뻐지라고 밭길 주고 물주고 정성들여 가꾸지만, 수확을 좋아하는 그 집 남자는 뒤뜰에 코딱지만 한 텃밭을 만들어 오이 두 그루, 고추 두 그루를 심고 멀찍이 뒤뜰에다는 장기전으로 사과나무, 감나무, 무화과 과실수를 심어놓고 아침저녁으로 돌보며 정을 쏟고 있는데 엄마의 화초도 남자의 텃밭도 과실수도 새싹이 돋아나면 기다렸다는 듯이 싹둑싹둑, 식솔들까지 동반하고 집집마다 원정 다니면서 조용한 동네를 들쑤시고 다니는데 누가 좋아하겠소. 조만간 대비책을 강구하기 위해 주민회의를 소집해 특단의 조치가 내려질지도 모르오.

우리 인간사회는 예의가 지켜지지 않을 때는 법을 만들어 질서를 지키게 하고 있소.

원성이 더 깊어지면 무시무시한 서부의 총잡이가 특수 보안관으로 임명될 수도 있음을 알려드리니 그리 아시구려.

오늘 아침, 집 주위를 한 바퀴 휘이 둘러보고 온 내자가 한숨을 길게 내쉬고 며칠 전 정성을 기울여 심어놓은 화단의 화초와 현관문 화초가 초토화됐다며 당신들의 횡포를 토로합디다.

손님이 찾아오면 제일 먼저 반기라는 의무까지 지워 방긋 웃고 있는 초병 둘을 현관문 입구에 배치했는데 하루아침에 웃음은 어디가고 복장불량이 되었으니 머잖아 무수리로 강등되어 화분에서 퇴출될 듯하오.

새로 이사 온 옆집 할배 Earl은 아침부터 저녁까지 정원 가꾸기에 여념이 없는데 손재주가 좋아 그의 손이 거쳐 가면 뭐든지 아름답고 쓸모 있게 변형된다오.

낡은 데크도 재정비하고 풀장의 펜스도 깔끔하게 정리하고 그에 어울리게 주위에 나무며 여러 꽃들을 심어놓았는데 며칠 지나지 않아 당신네들이 휩쓸고 갔다며 초토화된 현장을 울상이 되어 보여줍디다.

그래 속으로 우리만이 그런 게 아니라 그래도 공평하게 온 동네를 사판으로 만드는구나 하는 이상한 무차별의 안도감을 느끼기도 했었소.

칭찬은 아니니 우쭐해 하지 마시구려.

　그리고 어디서 들은 비법이라며 냄새가 아주 강한 'Irish soap'을 옹기종기 나무에 매달아 놓고 대비를 하고 있습디다. 그래서 나도 덩달아 이곳저곳에 배치해 놨으니 당분간은 휴전의 평화가 올 듯도 하오. 게으름에 'Watch out for soap'이라는 이상한 팻말은 붙여놓질 않았으니 그 독특한 냄새를 유의해야 할 것이요.

　평화는 좋은 것이지만 이렇듯이 대비책을 만들어놓아야 서로 넘보지 않고 공존으로 갈 수 있다는 것을 시사하는 것이 인간사도 예외는 아닌 것 같소.

유머

"영국은 아침에 늦잠 자는 게으름뱅이 정치인을 원하지 않습니다." 정적은 그를 다그치며 궁지로 몰아넣고 있었다. 처칠은 가끔 의회에 지각하여 구설수에 오르기도 했던 때였다.

그는 당당하게 그 정적을 향해 사과성인지 자랑성인지 점잖은 유머 한마디로 응대한다.

"글쎄요, 유감스러운 일이고 미안하기도 하오만 당신도 나처럼 예쁘고 매력있는 부인과 함께 산다면 아침에 일찍 일어나기가 결코 쉽지 않을 거요."

그의 주위에서 이 얘기를 듣고 있던 사람들이 키득키득 거렸음은 말할 것도 없다. 유머의 힘이다.

✳✳✳

"아, 배 고프다. 바우야, 밥 먹으러 가자."

친구와 함께 '삼식이 식당'으로 밥을 먹으러 간다. 밥을 먹으러 간다고 밥만 먹는 게 아니라 밥도 먹고 국도 먹고 반찬도 먹는다.

우리의 주식은 밥이지만 부식도 함께 함으로써 영양소를 골고루 섭취하여 건강한 삶을 영위하고 있다.

물론 부식거리인 상추쌈에도 쌈장이 있어야 하고 샐러드를 먹을 때는 드레싱을 쳐야 맛이 난다.

주식과 부식은 콤비를 이룸으로서 서로 보완하여 맛도 나고 영양도 채워줌이다.

우리는 살아가면서 수없이 많은 말을 하고 산다. 의사전달의 핵심인 내용을, 음식으로 비유하면 주식이 되는 셈이고 그 외에 덧붙여져 함께 어우러지는 내용들은 부식이 되는 셈이다. 집에서도 직장에서도 사회에서도 아주 특별한 경우를 제외하고는 주식과 부식은 늘 함께한다.

이렇듯이 말에도 기타 영양식인 부식을 겸함으로서 부드럽고 원활한 의사소통이 되리라 본다.

그중에서 은유적인 유머는 핵심을 고소하게 보조해 주는 참기름 역할을 하여 마음의 여유와 이해의 폭을 넓혀 주기도 한다.

다음 유명인들의 유머 일화를 잠시 더 들여다보자.

민주당과 공화당 대통령 후보의 TV 토론 장면, 두 후보들이 팽팽히 맞선 토론장은 국내외의 수많은 기자들과 미 전역에 실황중계를 하는 아주 중요한 자리이기 때문에 양쪽 후보는 만반의 준비를 하고 토론에 임하는 아주 긴장된 자리이기도 하다.

재선에 임하는 공화당 레이건 대통령은 73세라는 나이가 시빗거리로 회자되던 시기였다.

먼저 경쟁자인 민주당의 먼데일 후보가 나이 문제를 들고 나왔다.

"당신은 73세라는 고령인데 이 점에 대해서는 어떻게 생각하

십니까?"

레이건이 대답한다.

"나는 이번 선거에서 나이를 문제 삼을 생각이 없군요."

먼데일이 의아하게 되묻는다.

"그게 무슨 뜻이죠?"

이때, 레이건의 한마디에 모든 청중은 박장대소했고 먼데일
도 결국 함께 웃었다.

"나는 당신이 너무 젊고 경험이 없다는 사실을 정치적 목적
으로 이용하지 않겠다는 뜻입니다."

잔뜩 긴장되고 냉랭했던 토론장은 일순 마음을 녹이는 대화
의 장이 되었음이다.
핵심의 내용을 피해 가면서도 상대의 약점도 부각시키지만
청중들의 반감없이 미소짓게 만드는 유머가 곁들인 은유적인
표현으로 경직되었던 토론장이 활발한 정책토론의 장이 되었
음이다.

한번은 그가 괴한의 총격을 받고 급히 응급실로 향하는 도중

응급처치를 위해 간호사가 그의 상처부위를 치료하고 있을 때였다. 피에 흥건히 젖은 셔츠가 사태의 심각성을 말해주는데 레이건은 웃음을 잃지 않고 한마디 한다. "여보세요 간호사님, 낸시의 허락을 받고 내 몸을 만지는 것이요?"

유머하면 처칠을 빼놓을 수가 없다.
어느날 윈스턴 처칠이 화장실에서 볼일을 보고 있는데 사사건건 트집을 잡는 야당의 노동당 당수가 화장실로 들어왔다. 처칠은 야당 당수를 보고는 황급히 화장실을 빠져 나오는데 그 당수가 부른다.

"여보시요 처칠씨, 왜 나를 보고 그렇게 황급히 피하는 것이요?"

그때 가던 발길을 멈춘 처칠이 뒤돌아보며 한마디 했다. 처칠의 말을 들은 그 당수는 파안대소하였고 그 후로는 예전 같은 적개심을 버렸다 한다. 처칠의 이 한마디,

"이보시요, 당수님. 야당의원들은 큰 것만 보면 국유화 하자고 하니 내 어찌 당신 옆에서 볼일을 볼 수가 있겠소."

또 한번은 여든이 넘은 처칠이 바지 지퍼 올리는 것을 깜박하고 어떤 모임에 참석했다. 그러자 한 여자가 지퍼가 열렸다

고 귀띔해 주었다.

처칠은 차분하게 지퍼를 내려다보며 한마디 했다.

"아, 그렇군요. 고맙습니다. 그러나 염려하실 것은 없습니다. 죽은 새는 결코 새장 밖으로 나올 수가 없으니까요."

참, 내 처지도 여유롭지 못하지만 집 나갔다 돌아온 백수 삼촌의 무용담처럼 하던 얘기 조금만 더 계속해 보자.

이렇듯 매일 맞이하는 일상생활에서 감칠맛 나는 유머와 함께 한다면 한결 풋풋한 살맛이 나리라 본다. 유머는 생활의 국도 되고 반찬도 되고 드레싱도 된다. 일상생활은 물론 딱딱한 비즈니스에서도 유머는 아주 큰 역할을 한다.

서로의 이익을 위해 거래를 하는 비즈니스, 서로 밀거니 당기거니 하는 줄다리기도 있지만 한 치의 양보 없이 맞서 서로의 가슴을 긴장으로 대치하는 경우도 많이 있다. 이렇게 빡빡한 긴장된 순간에 내려놓는 함축성 있는 유머는 팍팍이라는 긴장에 구수한 세사미 역할을 하여 긴장을 완화시키는 데 큰 역할을 하고 있다.

여기 남녀의 차이점을 나타내는 동서양의 공통적 관점에서 바라본 재미있는 해학적인 유머가 있어 소개해 본다.

• A man will pay $2 for a $1 item he needs.

(남자는 필요한 $1짜리 물건을 $2에 산다.)

- A woman will pay $1 for a $2 item that she doesn't need.

  (여자는 필요없는 $2짜리 물건을 $1에 산다.)

- A woman marries a man expecting he will change, but he doesn't.

  (여자는 남자가 변할 거라 예상하고 결혼한다. 하지만 그는 변하지 않는다.)

- A man marries a woman expecting that she won't change, and she does.

  (남자는 여자가 변하지 않을 거라 예상하고 결혼한다. 하지만 그녀는 변한다.)

맞는 말인지는 개인에 따라 다르겠지만 살며시 웃음 짓게 만드는 마음의 여유를 내포하고 있다.

세상의 삼식이들이 여유를 갖고 유머와 친구가 된다면 보다 매끄러운 일상이 되리라 확신한다.

세리의 엄마단속

엄마! 그 얼마나 성스럽고 거룩한 이름인가.
엄마! 그 자체만으로도 천하요 우주요,
엄마! 처음 만난 사람이지만 사랑의 결정체요,
엄마! 영원히 변치않는 않는 완벽한 사랑이요,
사랑의 알파와 오메가이다.

"오빠, 세리가 건네준 '여행 지침서'인데 한번 봐봐, 내 딸이
지만 참 엉뚱스러운 데가 많아."

4등분하여 고이 접은 한 장의 A4용지를 봉투에서 꺼내며 딸
아이가 작성한 '여행 지침서'를 건넨다.
오랜 시간 동안 나름대로 한 자 한 자 정성들여 작성한 흔적
이 곳곳에 스며있다. 핸드폰도 정교하게 잘 그렸구나, 그래 그
나이에 기특하기도 하지.

그러나 보는 내내 키득키득…. 외삼촌의 심술스러움인지, 어
린 천사의 매력인지, 순진함의 친근감인지… 키키로 시작한 웃
음이 '세리의 Tips'을 보고선 빵! 터지고 말았다.

얼마나 기특하고 정감 있는 엄마를 향한 당부인가. 열살짜리
엔젤의 향기가 진하게 배어있다. 엄마를 향한 "엄마를 부탁해"
의 마음이 대추열매처럼 지면에 초롱초롱 열려있다.

혼자 보기 아까워 원작자 세리의 허락도 없이 비밀(?)리에 공
개한다.

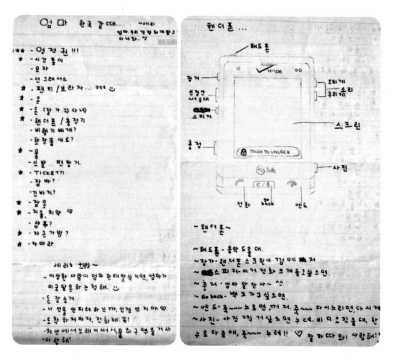

한글 원음에 충실하다 보면 대부분 이해되는데 참고로 제일 난해한 것 하나만,
시간종이 = 뱅기 시간표

세리,

여기 미국에서 태어나고 자란 어리숙하면서도 씩씩하고 활달한 여동생의 사랑스러운 딸이다.

여동생 부부에 의하면 무개념, 천방지축, 순진무구, 영락없는 남자아이 같단다.

하고 많은 학교 서클 중에서 남자애들 투성이인 축구부에 들어가 미운 오리 새끼인지도 모르고 아니, 아랑곳없이 남자애들과 씩씩거리며 태클도 불사하며 축구하기를 즐겨하고, 때로는, 말 안 듣는 사내애들에게 폭력을 휘두르기도 한단다. 치기도 하고 맞기도 하는 게 싸움의 정수인데 손길질 발길질에 입길질까지 동원하다가 슬쩍 한 대 맞기라도 한다면 주저앉아 목 놓아 울어버리니 어느 남자애가 싸울 마음이 생기겠는가?

이것 참, 싸움꾼 같기는 한데….

여린 여자아이의 생존법칙의 본능일지도 모른다.

그러나 사리분별에는 무척 밝아서 좀 아니꼽더라도 남자 아이들이 많이 챙겨주기도 한단다.

이러는 아이인데, 가족사로 인해 엄마가 급히 한국 갈 일이 있어 채비를 차리는 와중에 나름대로 정과 성을 다해 꼼꼼히 작성한 메모장을 만들어 슬며시 엄마 손에 쥐여주며 "잘해 엄마, 알았지?" 당부하더란다.

평소 같으면 저녁9시, 늦어도 10시에는 꿈나라 갈 시간인데 새벽 2시까지 졸린 눈 비벼가며 준비했단다. 운전하기 싫어하고 핸드폰 조작에 무관심인 철없는 엄마가 무진 걱정이 되었나 보다.

왜 아니겠는가.

세상에서 가장 든든한 후원자, 하도 붙어 지내다 보니 최강의 라이벌이기도 하지만 곤란한 상황에 처하면 제일 먼저 찾는 게 엄마이다. 엄마 없이 살아가는 것은 상상할 수 없지만 엄마 없이 당분간은 버텨야만 하는 아쉬운 현실, 행동반경이라곤 오직 집과 스토어밖에 모르는 순진한 아날로그 엄마인지라 미덥고 안타까운 마음에 이 지침서를 작성했으리라.

그러나 훈풍의 미소를 담고 돌아서는 세리의 뒤꼭지에 대고 소리 없이 한마디 했단다.

"세리야 고맙구나. 그러나 내 걱정 말고 너나 잘해라."

그동안 주말마다 한글학교 다니면서 갈고 닦은 실력을 나름대로 최대한 발휘한 것 같으니 기특하기도 하다. 맞춤법이나 철자법에 미완의 흔적을 주욱 달고 있지만 외삼촌 입장에선 그만큼만 해도 고사리 손에서 피어나는 한글이 요술의 꽃망울인 양 아름답기만 하구나.

세리의 소망을⋯ㅋㅋㅋ.

오랜 세월 동안 서방세계와 단절된,
가지 않은 길에 대한 은은한 맘길이 실바람처럼 피어나고
한 가닥 애처로움이 잊혀가는 연민인 양 아쉬움으로 다가오는
섬나라 쿠바.

- 쿠바 中 -

2장

집
떠나서

1차 산티아고 순례길

Buen Camino! 좋은 여행길 되세요!

이천 년의 세월을 타고 흘러온 성 야고보의 이야기를 한편에 되새기며 이 길을 걷고 있다. 수많은 구도자들이 이 길을 지나쳐 갔지만 구도의 숭고한 열매는 저 하늘 어딘가에 맺혀있을진대 찾을 길이 없고 감히 구도자의 흉내를 낼 수는 없지만 순례자라는 대중의 의지로는 해볼 만하다. 구도자의 길은 멀고도 험난한 가시밭길이기에 그것은 순전히 선택받은 사람의 몫.

평범한 삼식이 같은 사람은 구도, 도를 깨우치기 위함이 아닌 구심, 마음속 찌꺼기를 덜어 내고자 하는 구함에서이다. 즉 '나나 잘하자'라는 자아 정립의 한 방편이기도 하다.

어느 날 문득 되돌아보니 오욕칠정의 잡다한 생각들이 천 년을 살 것처럼 마음에 들어앉아 달콤하고 편한 것을 요구하고

이기주의에 푹 젖어 소통을 방해하고 번민하게 만든다.

　나와의 대화를 통해서 욕심을 내려놓고 마음의 자유를 얻겠다는 의미인데, 이 또한 욕심인지 모른다. 내 맘대로 될지 모르겠지만 일단 이놈들을 데리고 멀리 나가보면 색다른 무엇이 다가올 수도 있지 않을까.

　세파에 물든 까만 마음을 긴긴 길 위에 내려놓고 탐욕에 젖은 일상을 불태우는 각고가 있다면 하늘의 섭리에 한 발 다가갈 수도 있으리라.

　걷고 걷고 또 걷는 길 위에서….

　구도자의 발자욱은 찾을 길 없으나 마음의 길은 한 가닥 찾을지도 모른다.
　세상 빛을 본 후로 이렇게 걷는 것은 처음이다.
　유명지 유람관광 가자면 게 옆걸음질 하듯이 슬금슬금 피했었는데 스스로 선택해 사서 하는 고생, 참 별일이기도 하다.

　이른바 '산티아고 순례길'

　비슷한 길을 열 닷새째 걷고 있다. 정상에서 조금 벗어난 생각인지도 모른다.
　돈 버리고 시간 잃고 먹고 자는 것 부실하고 체력까지 소진

되는 일을 사서 하다니, 장사로 치면 완전 손해 보는 장사다.

그런데 마음 한편에 내려놓는 홀가분함이 엄니 등처럼 편안하기도 하니 수업료 가치는 상회하고도 남을 거라고, 소크라테스의 셈법으로 계산을 해본다.

***

먼 곳에 살고 있는 아들에게 전화를 한다. 휴가 기간에 맞추어 아비의 욕심을 제안한다.

아들의 휴가는 내년에도, 다음 해에도 있지만 시간이 지나면 지날수록 자식의 영역에 다가가기 힘들 것 같고, 이러다가 영영 둘만의 시간을 놓칠 수도 있겠다 싶어 더 늦기 전에 아빠의 욕심을 미끼에 끼어 캐스팅을 한다.

"이번에 아빠랑 단둘이서 여행 한번 하자."

그동안 아빠와 아들, man to man으로 변변한 시간을 가져보지 못했는데 언제 그런 시간이 올지 몰라 과감하게 제의했는데 yes를 보낸다.

"고맙다. 이 길은 유람이 아닌 고생길이다. 그래도 괜찮겠느냐."

다시 한번 다짐을 하고 아들은 흔쾌히 OK sign을 한다. 이쁜 내 새끼, 팔불출의 미소가 이런 것인가 보다. 재미있겠다는 상상보다는 '아빠와 단둘이'라는 혈맹의 동선이 주효했으리라.

아비란,

다정다감의 폭이 엄마와는 다소 달라서 권위주의, 직선주의, 일방주의적인 경향이 있기 때문에 가디안보다는 구태의연한 멘토링 즉, 의견을 권유하고 수렴하는 과정보다는 아빠의 생각과 의견이 옳으니 나를 따르라는 야전 사령관의 강압적인 분위기가 마음 한편에 남겨져 있음을 짐작한다. 사실 어린 시절부터 그리 해왔으니 어렵지 않은 짐작이다.

그러나 이젠 아들의 입장에서 이해하고 포용하여 세대 간의 간격을 좁히는 진솔한 대화를 나누리라. 걷고 걷는 황량한 길에서 서로의 체온을 느끼며 사령관직을 내려놓고 아들의 계급장을 달고 동료로서 마주하고 싶다.

가고 또 가는 길 위에서 많은 이야기를 주고받고 싶다. 서두르지 않는 영원한 아비의 사랑으로….

프랑스 생쟁에서 스페인 산티아고 데 콤포스텔라까지 약 800km, 도보로는 약 40여 일이 소요되는 코스이다.

그러나 일터에서의 공간에 40여 일을 비운다는 게 쉽지 않아 아쉽지만 이번 순례길은 20일로 잡았다. 일정 구간은 버스를 이용해서 야곱이 잠들어 있는 마지막 지점, 산티아고 데 콤포스텔라에서 마무리하는 여정이다.

순례자들은 프랑스나 스페인 관광청이 주관하는 순례자 여권인 크레덴시알을 일정 장소에서 발급받아 순례자임을 증명하고 알베르게Albergue라는 순례자 숙소에 머물 수 있는 자격을 부여받는다. 그리고 지나치는 성당이나 머물렀던 얼베르게에서 '세요'라는 스탬프를 받아 그 길을 걸은 순례자임을 승녕하고 일정 요건이 충족되면 종착지인 산티아고 데 콤포스텔라에 도착해 순례증서를 발급받을 수 있다.

우리는 프랑스 St. Jean을 출발점으로 하고 그곳에 도착해 이 여권을 발급받아 숙소를 정하고 첫날밤을 맞았다. 첫날밤에 설레는 것이 신혼부부만이 아니다. 낯선 하늘 아래에서의 첫날밤도 설렘이었으니 미지의 영역을 체험한다는 기대감이었으리라.

자, 출발이다.

아직은 어둠이 짙게 드리워진 신새벽에 앙팡지게 꾸려놓은 배낭을 짊어지고 대장정의 첫발을 내딛는다. 험준한 피레네 산맥으로 향하고 있다.
길 따라 시간은 흘러가고 태양은 저 산 저 멀리 일부 능선에서 서서히 피어오르고 있다.

때는 9월 말, 가파른 산길 위에도 가을이 무르익고 부풀 대로 부푼 밤송이가 길가에 뒹굴며 함박웃음을 짓고 있다.

예전 같으면 회심의 미소를 흘리며 불로소득의 재미를 욕심껏 챙겼을 텐데 다람쥐를 생각하는 자비를 베풀고 있다는 오만스럽고 간지러운 마음이 들기도 했지만 그 길을 걸으면 그럴 수밖에 없으리라. 내려놓으려 머나먼 길을 왔으니 무심히 두고 감이 순례자의 마음이리라.

산 아래 펼쳐진 드넓은 목초지에 한 무리의 양떼들이 휴식을 취하고 있다.

멀리 있는 듯 가까이 있는 듯 '댕그렁 댕그렁' 목에 걸린 방울이 산바람을 타고 신비한 청아함으로 다가온다.

음마아~~

살아 움직이는 생명의 소리, 멀리서 온 나그네가 손짓한다. 아무런 관심이 없다.

알아서 잘하겠지만, "잘 먹고 잘 살라"는 잔소리를 덕담인 양 소리 없이 내려놓고 간다.

가던 길을 계속 간다.

눈을 돌려 산 아래에 펼쳐져 있는 왔던 길을 뒤돌아본다. 이젠 한껏 멀어진 산등성이 목초지에서 놀고 있는 양떼들을 바라

보니 자연이 주는 푸근함이 안겨온다. 눈길 한 번 주지 않았던 무심한 양떼들이었지만 한 폭의 그림으로 다가온다.

양떼들도 아는 모양이다. 한 폭의 그림은 눈길로 주는 것이 아니라 마음으로 담아가는 것이라고….

짊어진 배낭을 내려놓고 그 위에 걸터앉아 이 평화로움을 맛본다. 시원한 가을바람이 앙가슴에 안기고, 아, 좋다 좋아….

이것이 어쩜 누군가 그토록 찾아 헤매는 행복일지도 모른다.

아들아, 너도 이 행복을 한껏 맛보고 마음껏 주워 담아 너의 앞길에 유용하게 쓰려무나.

행복한 마음가짐은 생활에 활력을 불러오고 마음을 평안케 해주며 축복을 불러오는 근본임을 잊지 말자꾸나. 아들을 향한 아비의 바람을 하늘님께 빌고 있다.

넘자 넘자.

온 힘을 다해 가파른 피레네를 오른다.

돌산 자갈길 저 고개 넘으면 하늘이 제일 가깝겠지. 한 고개 두 고개 넘고 넘어도 또 다른 고개, 그 산 뒤에 또 다른 봉우리를 몇 번인가 지나고 난 후에야 드디어 정상을 맞는다.

산에 살고 있는 바람은 능선마다 다른 모습으로 다가온다.

올라오는 길 위에서 듬성듬성 만났던 바람은 좋은 바람 고마운 바람이었는데 정상에 올라오니 모진 광풍으로 변해 휘몰아

친다.

비바람을 동반한 고약한 날씨, 묵직한 배낭까지 걸쳤는데도 술 취한 취객처럼 휘청거린다.

고개 숙인 순례객에게 어찌 그리 인정머리가 없고 텃세를 부리는지….

까딱하면 배낭과 몸을 날려버릴 기세다.

불어라 불어라.

주춤거리며 휘청거리며 아들의 손을 잡고 그 정상의 협곡을 지나고 있다.

나는 그때 피레네의 변덕스럽고 까칠한 자연을 맛보며 필사즉생의 몸부림이 부자지간의 또 다른 정으로 맺혀지는 걸 경험했다.

따뜻한 아비의 손, 듬직한 아들의 손, 영원히 함께할 사랑의 손이다.

피레네 산신령님께 신고식을 톡톡히 치른다.

막강했던 나폴레옹 군대가 지나간 자리, 더 막강한 대한의 군대를 나온 자가 지나가니 그에 대한 경계인지도 모른다.

앞서거니 뒤서거니 나처럼 가출한 사람들이 등짐을 지고 힘겹게 걷고 있다. 참고 견디면 시련도 지나가는 법, 도보는 계속됐고 저 산 저 아래 아득히 먼 곳에 민가가 보인다. 마음은 디지털이지만 발길은 아날로그, 어서 가서 지친 심신을 달래야겠다.

피레네, 앙칼진 들고양이 같은 성깔의 독특한 맛을 뒤로 하고 이제 스페인 영토로 들어섰다.

순례자들을 위한 숙소인 알베르게에 도착하니 크고 넓은 천주교 사원 한쪽에 순례자들을 위한 시설이 잘 갖추어져 있다.

고행의 뒷맛이 이런 것인가.

잠시 눈을 감고 왔던 길을 회상하니 무엇하러 왔는가, 무엇을 얻으려 하는가, 집에 가만히 퍼질러져 있으면 얼마나 편할 텐데….

그러나 그 고행은 이내 또 다른 희열로, 평안으로, 고요로, 그리고 살아있음으로 각인시켜 준다.

앞서 설명한 대로 순례길에는, 연이은 마을 길목마다 순례자들을 위한 숙소가 있어 저렴한 비용으로 하룻밤 거하게 하는 편리를 제공해 주고 있다.

순례자 전용숙소 – 최소한의 편의시설인 샤워장과 단출한 침대 그리고 콤팩트한 주방시설, 딱 거기까지. 이것만으로도 감사하는 마음이 드는 것은 집 떠난 순례자의 최소욕구 덕목일지도 모른다.

대부분 열린 공간에 2층 침대, 아래 윗층으로 되어있고 적게는 20여 개에서 많게는 200여 개의 침대를 갖춘 곳도 있다.

남자 여자 구획을 구분진 곳도 간혹 있지만 대부분 성별에 구분을 안 두고 옆 침대 앞 침대 윗 침대에 묘령의 여인과 이웃하는 경우가 있다.

남녀칠세부동석인 유교의 개념으로 본다면 경을 칠 일이다.

바로 옆에서 낯선 여인이 훌러덩 옷을 갈아입는데도 전혀 어색하지 않는 것이 아마도 진이 빠진 모양인지 아님, 순례자의 명찰을 달고 있으니 하늘이 성을 빼앗아 갔는지, 장담코 거기에서의 여인은 여자가 아니었다.

순례자, 나그네, 그뿐이었다.

사내는 숟가락 들 힘만 있어도 본능이 꿈틀댄다는 구전이 무색해지는 성의 무풍지대였던 것이 나에게만 그런 것이었는지….

서로 다른 환경의 지구촌 각지에서 모여든 순례자들, 집 떠나면 개고생이라고 모든 면에서 불편하기는 해도 누구 하나 불평 없이 친절하고 상냥하고 정해진 룰에 따라 예의와 질서를 잘 지키고 있다.

다음 날도 그리고 그다음 날에도,

아직은 어둠이 깔린 시간에 주섬주섬 짐을 꾸려 또 다른 새벽길을 잡는다.

아들 동료가 옆에 있으니 무언지 든든하기도 하고 뿌듯함도 든다. 평소 그다지 훈련받지 못한 다리가 불편을 호소하지만 마음은 상쾌하다.

동트는 산허리에 한 줄 감겨진 구름이 진붉은 빛을 내어놓고 낯선 나그네의 행로와 동행하고 있다.

오랜 세월, 하늘이 보아온 세대들. 그러고 보니 언뜻 태평성대의 시간들에 감사하고 있다.

동서양을 막론하고 얼마나 많은 살ㅈ육과 아귀다툼으로 점철되었던 인류의 역사던가.

이 길에도 수많은 압정이 지나갔음은 나폴레옹이 말해주고 있다.

영웅이라 하지만 쌈박질 좋아하는 전쟁영웅,

권모술수에 환호하고 박수치며 남의 것을 정복하여 탐내고 빼앗고….

주위사람들은 얼마나 불안하고 불편하고 귀찮았을까.

오늘 이러한 방해 없이 이 길을 가고 있으니 행운의 세대라고 되뇌어 본다.

태평성대에 떠다니는 한 조각 구름 되어 평화로운 발길을 하고 있으니 천지신명께 감사를 해야겠다.

내가 가고자 하는 길을
내가 원하는 만큼
내가 느끼는 대로 걸을 수 있음에….

그리고 또 몇 날 며칠,

비슷한 풍경의 길 – 산길을 가고 들길을 지나 이름 모를 꽃들이 빼곡히 피어있는 외딴집을 지나 맑은 물이 흐르는 작은 냇가를 건너 작고 앙증맞은 요정 같은 나비를 만나 눈인사하고….

원한 것은 아니었지만 먼 길을 동행해 준 친절한 강아지를 만나 불같은 정을 잠시 주고받고, 내려놓고 벗어두고, 자연과 벗 삼으니 진한 평안이 봇짐으로 스며든다.

지나쳐 온 마을들, 북적거리는 도시에는 예외 없이 현란하고 고풍스런 천주교 사원이 특이하고 농촌에는 곱게 단장한 주택들과 들판의 수확물들을 보니 활력이 넘치는 주민들의 생활상을 보여주고 있다.

마주치는 주민들과는 "올라" "올라"를 주고받으며 서로의 '안녕'을 빌어주고 있다.

여정의 사분의 삼 지점,

앞서거니 뒤서거니 하던 아들이 어느 날부터인가 삐거덕거리며 뒤쳐지고 있어 불안감이 들었지만 한사코 괜찮다는 말에 그러려니 했는데….

아무래도 절룩거리는 걸음걸이가 걱정되어 양말을 벗기고 확인을 해보니 왼쪽 발목이 부어올라 있다. 며칠 사이에 가라앉을 것 같지가 않다.

돌뿌리에 걸려 삐끗했는데 걸어 갈수록 악화되고 있음이다. 이대로는 아무래도 무리일 듯한데….

사랑하는 부상병이 말도 안 되는 제의를 한다.

저를 두고 아빠 혼자서 계속 전진하란다.

아들아, 세상의 어느 애비가 절룩거리는 새끼를 두고 혼자 떠난다더냐. 아니다, 아무리 천금을 준다 해도 그 무엇이 너와 비교가 되겠느냐.

기회는 다음에 또 있으니 미안해 말거라.

일정을 다 채우지 못해 못내 아쉬웠지만 거기에서 결산을 해야 했다.

아들과의 대화는 많이 했냐고?

한다고 했지만 남자들의 대화는 역시 화려하지 않고 검소하다.

일정 동안에 얼마만큼의 추수를 했는지는 계산기를 두드려봐도 나올 것 같지는 않지만, 불편함도 즐기니 그만의 만족이 찾아오고 아들 몰래 가졌던 혼자만의 고독이 제법 그럴듯하게 멋진 한 폭의 그림으로 남는다.

고행에서 걸러진 마음, 이처럼 마음에 남겨지는 걸 보니 언제가 또다시 그 길을 찾아 훌쩍 떠날 것이다.

그리고 그때,

떠나고 있는 꿈을 향해,

오고 있는 꿈을 향해 이렇게 말할 것이다.

Buen Camino! Buen Camino!

좋은 여행길 되세요!

쿠바

오랜 세월 동안 서방세계와 단절된, 가지 않은 길에 대한 은 은한 맘길이 실바람처럼 피어나고 한 가닥 애처로움이 잊혀가 는 연민인 양 아쉬움으로 다가오는 섬나라 쿠바.

북쪽의 1월 한파를 한아름 안고 남으로 남으로, 아바나의 호 세 마르티니 국제공항에 도착하니 훈훈한 훈풍이 온몸으로 안 겨온다.

비행항로로는 아틀란타에서 불과 두 시간 반 거리인데 겨울 에서 여름으로 훌쩍 계절을 갈아탔다. 당시 미국과는 국교수 교가 없어 남미의 징검다리 역할을 하는 파나마를 거쳐 그보다 몇 배 거리를 내리락오르락하는 불편을 감수하고서야 그 땅을 밟을 수가 있었다.

공항시설과 주위 환경은 생각보다 깔끔했지만 한 나라의 주 요 관문으로는 뭔가 허전함과 한산스러움에 통제된 사회의 분 위기가 물씬 풍겨온다.

그도 그럴 것이 출입자들은 관광객이 주를 이루고 현지인들의 공항 이용은 오직 소수의 특정인에게만 한정되어 있어 부산스러운 인천 하늘과는 너무나 대조적인 풍경이다.

수속을 마치고 밖으로 나오니 우리 일행을 기다리고 있던 가이드가 함박꽃 같은 환한 미소로 반겨주는데 가이드라기보다는 일행 중 한 사람의 현지 친구 분인지라 스스럼없이 친구 되어 미지의 불편함을 덜어주고 길잡이가 되어줄 것이다.

우리는 곧 대기하고 있던 택시에 올랐고 현지인 친구가 예약해둔 숙소에 짐부터 내려놓고 서둘러 아바나 시내와 상견례를 하려 길을 나섰다.

(여기서 잠시 한마디 — Habana는 영미식 발음으로는 '하바나'이나 현지 스페인식 발음은 H가 묵음이라 '아바나'로 발음)

4박 5일 머무는 동안 우리 일행 4인을 위해 수고할 택시를 보니 엔틱 콜렉션에서나 볼 수 있는 범상찮은 고풍을 간직하고 있다.

1951년산 세보레, 고희로 접어들 나이인데도 현역에서 제 몫을 하고 있으니 가히 경이롭기도 하다.

차 내부의 부대시설 또한 얽히고설킨 세월을 가득 담은 흔적으로 얼룩져 있고 뒤쪽 여닫이 손잡이는 우박 맞은 수수대처럼 푹 꺾여 제 기능을 못하고 있음에도 최후의 일각까지 소명을 다하고 있음이다.

아바나 시내엔 주로 이러한 오래된 택시들이 관광객을 맞이

하는데 말끔하게 새 단장된 것도 있지만 이 또한 이곳의 명물로 자리잡은 지 오래, 공산혁명 이후 서방의 재력가들이 버리고 간 차량을 정비하여 아직까지 활용하고 있다고 한다.

나름대로 그 본연의 기능을 알뜰히 하고 있는 셈이니 찌푸린 눈으로 보기보다는 어디에서도 볼 수 없는 이곳만의 매력으로 보아야겠다.

열악한 경제사정으로 인해 가진 것을 최대한 활용하여야만 하는 처지인지라 닳고 닳아도 굴러가기만 하면 오케이. 1940년대의 머큐리도, 50년대의 포드도, 비틀도, 장수의 타이틀을 안고 아직도 열심히 거리를 누빈다.

물론 엔진은 새로운 것으로 교체하여 주행에는 문제없는 아라비안의 준마란다. 우리가 한국인이라는 것을 알고는 운전기사가 슬며시 하는 말, 엔진은 새것, 'hecho en Corea' 한국의 현대차 엔진이란다. 국교수교가 없는 외진 이곳에도 한국제품이 보란 듯이 진출해 있다니 한국인의 재능이 자랑스러울 뿐이다. Viva Corea !

*** *

아바나의 얼굴.

한때는 '카리브해의 진주요 꿈의 동산'이라 하여 휴양지로서의 명성이 자자했던 곳, 세계의 부호들이 모여들어 번영을 이루었던 곳, 많은 이들의 동경의 섬으로 불리기도 했던 이곳이 이젠 그 화려했던 숨결은 역사 속에 잠들어 있고 지금은 폐허를 연상케 하는 옛 자취들이 침침한 모습으로 서있고 마천루의 건물들은 까맣게 찌들은 모습으로 말없이 서있다.

건물은 대부분 예전의 풍요시대에 축조된 건축물들인데 오랜 세월동안 관리를 하지 않아 역사만큼이나 까만 세월의 흔적들로 덮여져 있다. 말레콤 방파제에 부딪치는 하얀 물보라는 끊임없이 새롭게 오고 가는데 이념이란 방파제는 쇄국과 통제를 불러와 가난의 물레방아 되어 뱅글뱅글 그 자리에서 그리 맴돌고 있나 보다.

비록 물질적인 풍요는 없을지라도 낭만적이고 순응적이며 공동체 의식이 남달리 강하고 다른 남미에 비하여 치안이 대체로 잘 되어 있어 관광객들이 야간에도 자유로이 다닐 수 있다고 하나 어디에나 복병은 숨어있기에 집 떠나면 몸을 사릴 줄 아는 지혜도 필요하겠다.

남미 최초의 공산정권.

강대국의 헤게모니와 위정자들의 수탈은 결국 민심이반을 일으켜 1959년 남미 최초의 공산정권 피델 카스트로의 혁명과 집권을 불러왔고 그 혁명과 집권은 사회 및 토지개혁과 미국을 비롯한 외국자본의 몰수로 이어져 많은 나라들과의 단절을 불러와 사람들은 떠났고 화려했던 불야성의 명성은 저편 어딘가로 흘러가 희미한 그림자만 드리워져 있을 뿐이다.

혁명 이후 한동안은 소련을 비롯한 동구권의 원조와 협조를 받아 윤택한 생활을 해왔지만 소비에트 연방 해체에 따른 공산 연대의 틀은 흔들리고 무너져 내려 더 이상의 원조는 단절되고 주민들의 삶을 더욱 어렵게 만들어 이리저리 흔들리는 바람 앞의 호롱불이 되었고 머잖아 결국은 그 호롱불도 꺼지고 많은 것이 일시에 거품처럼 사라지는 고통을 감내해야만 했다.

일자리가 사라지고 먹을 것이 끊기고 전기가 없어 밤이면 암흑으로 변하고 대중교통은 정지되고 게다가 고갈된 국가재정으로 인하여 정책은 갈피를 못 잡고 혼돈은 가중되다 보니 헐벗고 굶주린 백성들은 살아나기 위한 몸부림으로 먹을 것을 찾아 조국을 등지는 120만 명이라는 대탈출의 비극적인 행렬이 이어지기도 했다. 섬나라이기 때문에 탈출의 수단으로는 배를 이용했으나 열악한 환경에서 구할 수 있고 이용할 수 있는 것은 작은 쪽배나 튜브들을 연결한 빈약한 장비로 생명의 위험을 무릅쓰고 탈출을 감행하다 좌초되어 목숨을 잃는 비극도 비일비재했다 한다.

쿠바는 현재도 그들만의 힘겨운 홀로서기를 시도하고 있다. 의사나 고급인력의 해외 파견을 통해 외화를 벌어들이고 부분적인 자본주의 시장경제를 도입하고 관광산업을 활성화하여 가난에서 벗어나려 하지만 큰 바위처럼 버티고 있는 중앙집권적인 계획경제의 통치는 자발성에 반하는 목줄이 되어 번영을 방해하고 있고 미국의 경제봉쇄로 인하여 더욱더 허리띠를 졸라

매야 했으니 쿠바인들의 생활은 가난한 식탁에 익숙해져야만 했다.

혁명 당시 완전하고 평등할 것만 같았던 체제는 유토피아의 형상이었을 뿐, 백성을 위한다는 명제는 하향평준화로 이어지고 하루가 다르게 변모하는 세계경제와는 다르게 시간과 세월은 망부석 되어 옛 모습 그대로 그 자리에 말없이 서있다.

또한 하나뿐인 정당, 공산당만이 선거 때 후보를 지명하며 선거 운동을 할 수 있고, 공산당 제1서기는 국가 원수가 된다. 이런 이유로 육십여 년의 장기적인 집권이 이어져 왔고 그 기득권의 행보를 유지하기 위해서는 정적을 무자비하게 숙청하고 인권유린을 스스럼없이 자행함으로써 그 치부를 덮기 위해서도 쇄국과 폐쇄의 길을 걷게 되고 그 여파는 고스란히 백성들의 몫으로 남겨짐이다.

혁명은 성공했지만 사회주의국가를 선택한 대가는 실로 엄청 났다. 언제쯤 말썽 많은 인간의 통치는 그야말로 '쫑'을 내고 전지전능의 하늘이 인간사회를 직접 통치하시려나. 하늘나라에서나 있을 법한 그런 날이 하루 빨리 지구촌 곳곳에 임하면 좋으련만 하나님도 골치 아프고 버거워하실 거라 생각하니 결코 그런 날은 아니 올 것이라 단정한다.

이제부터는 수도인 아바나뿐만 아니라 쿠바의 거의 전 지역이 wifi가 없어 핸드폰의 통신수단은 이용할 수 없고 오직 몇 군데의 특정지역에서만 돈을 지불하고 사용해야 한단다.

분신인 양 항상 몸에 소지하면서 통화와 뉴스거리, 각종 정보를 수시로 접해왔던 핸드폰의 편리함은 당분간 무용지물, 어쩌면 잡다한 일상생활을 내려놓을 수 있는 흔치 않은 휴식 시간이 될 수도 있음이라. 이 또한 평상시에는 누릴 수 없는 특권, 통제된 사회의 간편함을 경험해 볼 수도 있겠다.

***

숨결.

스페인의 정복시절 조성된 드넓은 아르마스 광장에 도착하니 전통 복장으로 곱게 치장한 꽃을 든 한 무리의 여인들이 달려와 반겨하며 사진을 찍자 한다. 엉겁결에 그에 응하고 1달러짜리 한 장씩을 건네니 20달러짜리 지폐를 흔들며 '요것'을 달랜다. 사진 한 장 함께 찍은 대가로는 무리한 그녀들의 애교스런 요구에 1달러짜리를 하나씩 더 쥐여주었으나 막무가내, 한동안 뒤따라오며 손을 내민다. 돈 많은 화상으로 보이지는 않았을 터인데, 만만하고 허술한 삼식이를 꿰뚫어 보았나 보다.

"띠리띠리 치카치카" 경쾌한 음악소리가 거리에 울려 퍼진다. 오고 가는 길 중앙분리대를 넓게 공원으로 만들어 산보도 하고 휴식도 취할 수 있게 길게 조성된 거리 공원 '뿌라다'. 높게 자란 야자수 그늘 아래에 한 무리의 사람들이 반원으로 빙 둘러앉아 각기 다른 악기로 빠른 템포의 하모니를 연주하고 있다. 곱게 차려 입은 예닐곱의 나이 든 커플들이 음악에 맞추어 살사춤을 추고 있고 지나가던 주민들과 여행객들은 수려한 그들의 몸놀림에 눈길이 머문다. 비록 풍요롭지 못한 일상이지만 사교를 좋아하고 남미 특유의 열정적이고 낙천적인 이곳 주민들의 삶의 여유가 묻어있다.

자유경쟁.

바닷가에 연하여 길다랗게 자리잡은 한 건물 안으로 들어서니 우리네 동대문시장처럼 다닥다닥 붙어있는 점포들이 줄지어 있는데 주로 수제품과 공산품 그림 등을 판매하고 있다. 문득 캐주얼한 가방 한 개가 눈에 들어와 딸아이 선물로 주려고 가격을 흥정하고 있다.

정찰제가 아닌 시장에 오면 흥정하는 과정도 하나의 의례인지라 툭 한번 던져보는 재미로 밀당을 하다 보니 우리네 재래시장을 연상케 한다.

이곳 수제품이려니 생각하고 돈을 지불하고 보니 한쪽 귀퉁이에 중국산이라는 자그마한 라벨이 붙어있다. 열댓 발자국을 옮기니 다른 가게에 똑같은 제품이 있어 가격을 물어보니 좀 더 저렴한 가격, 유통구조는 우리에게 익숙한 자유경쟁이다.

어쩌면 당연한 것인데 획일화된 사회에 대한 인식이 자기방어와 이익도 똑같은 줄 아는 우매스러움을 새삼스럽게 범하고 있다.

자, 가보자. 쿠바인들의 일상으로.

우리 일행은 일반 여행객들이 맛볼 수 없는 현지인들의 실생활상을 접할 수 있는 기회가 주어짐은 앞서 언급했듯이 동행했던 도미니카의 친구가 우리를 안내하는 현지인과 친분을 유지하는 막역한 사이인지라 그 덕분에 그의 집과 친지들을 방문하여 그들의 터전과 주위 환경을 둘러볼 수 있었다.

투덜투덜 투덜거리는 나이 든 애마를 타고 아바나에서 약 1시간 반 거리에 있는 그의 마을로 향하고 고개를 좌우로 돌려가며 송골매의 눈빛으로 신비를 찾아보았으나 자연은 여느 남미의 풍경과 다를 것이 없어 보였다.

자그마한 도시- 활력 있는 도시도 아니고 그렇다고 깡촌도 아닌 인구 약 5~6백여 명이 옹기종기 모여 사는 소도시, 교통수단으로는 자전거를 개조한 페달 택시가 보이고 우마차의 뒷부분을 여러 명이 탑승할 수 있게 개조하여 승합차로 대신하고 있다.

내가 어릴 적 보았던 소달구지에 좌석을 만들어 교통수단으로 활용하고 있음이다.

인류의 생활방식은 그 상황에 따라 비슷한 모습으로 변화하는 모양이다. 지나온 것은 그립다 했는데 아련한 기억 속에 있는 그 시간들이 오버랩된다.

가는 길목에 친척집이 있다 하여 stop by.

골목길을 돌아드니 요란한 룸바풍의 음악소리가 축제 분위기를 연상케 한다. 그 집에는 남자는 없고 할머니 엄마 그리고 딸, 삼대의 여인네들이 해맑은 웃음으로 우리 일행을 맞이한다.

다닥다닥 이웃한 집들과 비좁은 생활공간, 허름한 가재도구들이 넉넉지 않은 살림살이임을 나타내지만 그 마을에서는 그래도 중상류층이라 한다. 남편은 궁핍한 생활을 견디다 못해 먼 곳으로 밀항해서 지금은 가끔씩 생활비를 보내오기 때문에 비교적 다른 주민들보다 나은 생활을 하고 있단다.

아 그러고 보니 길가에 작고 오래된 풍뎅이 차를 가리키며 "저거 우리 차."라고 귀뜸을 했었지.

뒤이어 부부가 의사라는 또 다른 친척집을 방문해 한동안 머무르며 두런두런, 무슨 할 말이 그리도 많은지 친구와 그들과의 대화는 끊임없이 이어진다. 본업이 법을 바탕으로 말을 해야 하는 위치에 있는지라 이곳에 대한 궁금증과 호기심이 무척 많았으리라.

친구는, 처가가 벌교 보성 쪽이라 은퇴 후에는 그곳에서 살겠다고 계획을 세웠는데 그곳에서 이장을 한번 해보는 것이 소원이란다.

이장은 아무나 하나?

오랜 외국생활에 젖어 선진 한국생활 방식을 터득하려면 적어도 십여 년의 적응기가 필요할 텐데 그때가 되면 허리도 휠 테고 기운도 빠질 텐데 활기 넘치는 그쪽 꼬막동네에서 누가 시켜 주기나 한당감? 겉으로 나타내지는 않았으나 '야무진 꿈'이라 진단해 본다ㅋㅋㅋ.

***

서방국가에서는 고급인력으로 분류되는 의사직, 이곳에서는 생활비도 빠듯해 일이 끝나면 잡용직도 마다하지 않는 2차 아르바이트도 한단다.

그리고 안내자의 집을 방문하여 귀하게 내어놓은 커피를 홀짝거리며 집안을 둘러본다. 예전에 한 가닥 했다는 공무원 자리에 있었기에 여러 가지 혜택을 정부로부터 부여받고 있다는데 예컨대 해외출장이나 작은 가게를 운영할 수 있는 권리등….

작은방 2개, 부엌과 거실이 있지만 살림살이는 여느 친척집들과 크게 다를 바 없었지만 친구처럼 다가오는 친근함과 따뜻한 인정미가 기억 속에 머물러 있다.

양해를 구하고 거실과 연하여 있는 아들의 침실을 둘러보는데 작은 공간에 침대 하나와 선풍기 한 대, 몇 가지 의류들이 전부, 단출하고 투박스러운 총각냄새가 곳곳에 스며있다.

하긴 혹독한 겨우살이가 없는 연중 내내 푸근한 날씨가 이어지는 트로피컬 지역의 의식주는 그리 복잡성을 요구하지 않기에 그와의 조합이리라.

민초들의 software.

이런저런 얘기를 하다 보니 외지인으로의 최대 궁금증인 페쇄된 현 상황에 대해 의견을 조심스럽게 물어본다.

이미 60여 년 공산화의 하드웨어는 토착을 한 듯이 보였으나 이들의 마음엔 여느 자본주의 사회나 다를 바 없는 물질에 대한 보다 나은 생활욕구가 강하게 살아있음을 내비친다.

앞에 언급했듯이 일반인들이 해외를 여행하려면 여러 가지 조건과 까다로운 절차가 있기에 쉽지 않다고 하는데 우리 안내자는 특혜의 대상이라 보따리 행상의 목적으로 이미 몇 번인가 인근 국가 도미니카를 방문해 자본주의 국가의 현실을 보아서인지 솔직한 마음을 털어놓는다.

"우리는 개방을 원한다. 당신들이 지금 쿠바의 현실을 보고 있듯이 먹고 살기도 빠듯한 생활이다. 정부에서 배급을 준다고는 하지만 생활하기엔 턱없이 부족하다." 이것을 보시오 하고 배급용지를 내보이는데 거기엔 쌀과 계란 닭고기의 배급 상황이 적혀 있다. "우리도 손님이 오면 우리가 대접하고 싶다. 그러나 현실은 너무나 동떨어져 있다." 한 달 minimum 월급이 12달러이고 많아도 대부분 2자리 숫자에 머물러 있다 한다.

"우리는 이러한 생활에 만족할 수가 없다. 당신들도 보고 느꼈다시피 혁명이 불러온 개혁은 일면 자본주의 독재와 착취로부터 해방을 안겨주기는 했지만 평준화의 이데올로기는 우리 국민의 실생활 개선에는 아무런 도움을 주지 못했고 하향곡선을 그려가고 있다. 우리가 보아왔고 겪어온 혁명으로는 보다 나은 생활의 꿈을 꿀 수도 희망을 품을 수도 없다. 우리는 개방을 원한다. 우리 후손들은 보다 나은 생활을 해야 한다. 그러기 위해서는 폐쇄된 빗장을 열고 고요와 적막을 몰아내야 한다."

물론 그때 당시에는 스페인어에 맹탕이었던지라 친구의 통역으로 이러한 상황을 전달받을 수 있었다.

식사에 대한 접대는 보통 호스트의 호의로 이루어지지만 정해진 배급 때문에 손님들을 접대할 수 없는 상황이란다. 가지고 있는 먹거리를 한꺼번에 소진하면 그다음 끼니는 굶어야 한다며 미안해한다.

물론 우리 일행은 그들 10여 명의 친인척들을 인근 레스토랑으로 초대해 즐거운 저녁 시간을 함께했다.

그 후 두 번째 방문에서는 가이드 없이 다녔기 때문에 관광객에서 바라본 다소 다른 느낌인데 특히 '노인과 바다'의 작가 헤밍웨이의 별장에 전시되어 있는 그의 행적과 보트, 생활공간, 의류, 테이블 등 풍요시대의 냄새가 물씬 풍기는 유품들을 만나볼 수 있었다.

기회가 된다면 쿠바를 사랑했던 그의 흔적을 살포시 한 번 더 만나보고 싶기도 하다.

따뜻한 남쪽나라 쿠바.

실바람처럼 피어났던 닫혀진 길에 대한 맘길이 석양노을의 애틋한 연민의 빛으로 남겨져 있다.

훈풍의 땅, 중남미

1. 훈풍의 땅

해마다 1월이면 북풍을 피해 여름을 만나러 남쪽으로 길을 잡는다. 캐리비안의 섬나라와 중남미 여러 나라들이 남북으로 길게 줄지어 자리 잡고 저마다의 특유한 손짓으로 유랑자들의 발길을 불러들인다.

야자수 숲이 우거지고 고운 모래가 흰 구름처럼 펼쳐진 아름다운 해변가엔 수정처럼 맑은 파란 바다가 살아 숨 쉬고 사시사철 푸근한 천혜의 자연 조건으로 인해 먹거리가 주렁주렁 열려있고 연중 내내 가리지 않고 농작물을 재배할 수 있는 여건, 그 옛날 아담과 이브가 여기에서 알콩달콩 살았을지도 모른다는 생각도 해본다. 젖과 꿀이 흐르는 이곳에 사는 사람들은 대부분 순수한 심성을 가지고 있는 듯하다. 물론 모든 사람은 아니겠지만….

왜냐하면 아둥바둥의 저변에는 의식주의 욕구가 기본 바탕인데 널린 먹거리는 끼니의 걱정거리를 덜어주고 푸근한 날씨는 주거에 고통을 주지 않음으로 아둥바둥의 틀에서 구속되지 않음이 아닐까. 그러다 보니 억척이라는 모질고 끈덕진 헝그리 정신은 그다지 필요가 없고 있으면 좋고 없어도 무관한 욕심 없는 생활이 평정심으로 토착되었을지도 모른다.

21세기 선진국의 눈으로 보면 이곳 일반 주민들의 환경은 낙후되고 불편한 생활이지만 어찌 보면 이것이 자유스럽고 편안한 원초적 삶인지도 모른다. 물론 부유한 이들도 있지만 대형 리조트나 경관이 빼어난 지역은 어김없이 외국자본에 의해 시설물이 들어서고 운영되고 있다.

여기서 잠시, 평범한 해변의 어부와 서구도시 젊은이의 비교되는 이야기 한 토막. 어느 쪽이 옳고 그른 비교관계가 아니라 서구 사회와 토착 원주민들의 의식차이를 보여주는 한 예라 하겠다.

캐리비안 어디쯤에 한 젊은 어부가 살고 있었다.
작은 돛단배 하나로 인근에서 고기를 잡아 생활하는 전형적인 이 어촌에 비슷한 또래의 도시 젊은이가 우연히 휴가차 들려 이 어부와 이야기를 나눈다.

"고기를 많이 잡으시나요?"
"많이는 아니지만 생활할 만큼은 잡고 있어 생계에는 큰 지장이 없소."

도시 젊은이가 호기롭게 말한다.

"나 같으면 더 큰 배를 구입하여 더 많은 고기를 잡아 돈도 더 많이 벌어 생활의 틀을 바꿔 보겠소만." 경쟁의 틀 안에서 살아온 도시 젊은이의 포부가 소박한 어부의 귀에는 어찌 들렸을까. 그 말을 듣고 있던 어부는 아무 말이 없었다.
그 후 세월이 흘러 두 젊은이는 백발성성한 모습으로 재회를 하며 서로의 안부를 묻는다.

"어부님, 오랜만에 뵙는군요. 여전하시지요?"

얼굴에 병색이 완연한 한 노인이 희미한 미소를 지으며 인사를 건넨다.

"그동안 나는 밤낮으로 열심히 일을 해 많은 돈을 벌었다오. 그러나 이제는 병을 얻어 요양차 이곳에 오게 되었소. 어부님도 많은 돈을 벌었겠지요?"

노 어부가 대답한다.

"아니요, 나는 예전과 같은 삶을 살고 있소. 이 어촌에서는 많은 돈이 있어도 쓸 곳이 별로 없으니 아옹다옹 돈에 매달려 아귀다툼을 할 필요가 없다오."

그리고 한마디 더 덧붙인다.

"당신이 원했던 많은 돈의 가치는 무엇인가요? 당신은 비록 많은 돈을 벌었을지언정 지금은 병든 몸이 되었으니 세상의 부귀영화가 무슨 소용이 있겠소."

어부의 두 팔에는 천진난만한 어린 손자가 안겨있었고 주름진 얼굴에는 자연을 닮은 편안한 미소가 담겨있었다.

2. 엘 살바도르와 햄수님

한국의 경상남북도를 합친 만큼의 아담한 영토에 인구는 약 7백만 정도의 작은 나라.

수도 '산 살바도르'는 세계에서 1, 2위를 다투는 범죄율로 위험한 나라로 분류되어 있지만 외국인들에게는 해악을 끼치지 않는다고 하니 사실 여부는 모르겠으나 한편 일리도 있는 것 같다.

범죄의 대부분은 마약과 연루되어 있고 특정 이권에 개입된 마피아들이 상대 집단에 가하는 테러로 인하여 범죄율은 수직상승으로 잡히기 때문이라 한다.

해서인지 그동안 두 차례의 산 살바도르 방문길에도 따스한 미소만 눈에 띄었지 험악한 총잡이들은 구경도 못했다. 허나 집 떠나면 여기저기에 돌발 상황은 숨어있기에 통계도 꼭 참고하심이 좋을 듯하다. 특히 훈풍의 땅 중남미에 "나 홀로 여행 시"에는!

***

그곳에는 나의 멋진 친구 햄수님이 터전을 잡고 토박이들과 어우러져 활기차게 살아가고 있다.

지난 1월 어느 날 그를 만나러 가고 있다.

공항 입국장, 비행기에서 내리니 경찰 정복을 입은 두 여인이 사내에게 정중히 다가와 신분을 확인하고는 환한 웃음으로 "Bienvenido a nuestro pais."(우리나라에 오신 것을 환영합니다)라는 멘트를 건네며 사내를 VIP실로 안내하고 있다.

미리 언질을 받기는 했으나 사내는 여경들의 호의에 기분 좋은 긴장을 하고 특별룸으로 향하는데 낯익은 얼굴 하나가 홀 저편에서 환한 웃음 지으며 손을 흔들고 있다. 아, 또 한 분 S회장님도 옆에 계신다. 남미 유랑길에는 항상 함께하시는, 삼식이가 무척 좋아하는 S회장님이 뉴욕을 출발, 먼저 도착해 함께하고 계신다. 그렇게 우리는 훈풍의 땅에서 다시 모였고 유랑의 길을 이번은 이곳에서 하려 한다.

친절한 순사 마님께서 입국수속과 수화물을 챙겨 오겠다며 여권과 수화물 영수증을 건네 달래고, 또 다른 안내자가 우리를 VIP실로 안내한다.

깔끔하고 고급스럽게 단장한 접견실 벽면에는 그 나라의 대통령 초상화가 우리를 반기는 듯한데, 반갑다는 표정인지, 아님 "내 방에 네가 여긴 웬일로?"의 문책성 표정인지 근엄한 표정으로 우리를 쳐다보고 있다.

테이블에 놓인 간단한 다과와 커피를 마시며 담소를 나누는 동안, 오래지 않아 여경이 다가와 모든 수속을 끝냈다는 통보와 함께 여권과 수화물을 건네준다.

그 친구 참 재주꾼이다. 사회봉사와 나눔을 통해 맺은 그들 요인들과의 친분은 어떤 어려움이 있을 때나 필요사항이 있을 때 커다란 도움을 준다고 한다.

해마다 그곳 나으리들의 행사가 있을 때면 함께 동행해 훈훈한 베풂의 정서를 내려놓고 나리들의 어깨에 힘을 실어주니 웬만한 부탁은 천릿길이 하룻길로 단축된단다.

이런 사교성으로 험난한 이국땅에서 많은 직원을 거느리는 회사를 운영하고 그들과의 스스럼없는 교분으로 배달민족의 한 점 훈풍의 스토리를 낯선 남미 땅에 야무지게 엮어가고 있다.

로마에 가면 로마인이 되라 했는데 그들의 삶의 방식에 한데 어우러져 조화를 이루고 있는 핸수님이 사뭇 믿음직스럽기도 하다.

3. 해양

하늘을 따다가 내려놓은 듯 진파랑이 수평선에 끝없이 펼쳐져 있다. 곱다. 참 곱다!

자연의 숨결이 새근새근 파란색으로 은은하게 가슴으로 안겨온다. 에메랄드빛의 온화한 해양엔 아름다운 자태만큼 각종 물고기와 수많은 해산물들이 터를 잡고 살고 있기는 한데 어구밀도는 우리가 생각한 것보다는 훨씬 못 미친다.

캐리비안 해안의 어부들은 조그만 어선을 타고 근교로 나가 그물이 아닌 낚시를 이용해 고기를 잡는다. 대형 어선은 눈에 띄질 않는다.

아니 처음부터 없었고 앞으로도 없을 것이다.

열대어의 단일 어족 자원만으로는 이해타산이 맞지 않기 때문일 것이다.

그에 비하여 한류와 난류가 만나는 한국의 사철 기후 조건은 수많은 종류의 각기 다른 한류성, 난류성 고기들이 지나 다니는 길목이기도 하고 사철에 적응한 신토불이 어종들이 자리잡고 있고 게다가 서해안, 남해안의 보고 갯벌지역은 각종 플랑크톤이 풍부하여 다양한 어종들이 생활할 수 있는 최적의 먹이 섭취장소이고 번식장소이기도 하다.

해산물의 풍요는 한국이 천혜의 조건이고 맛도 최고다. 요염한 색깔로 치장한 열대어는 멋은 그럴 듯한데 맛은 별로다. 멋과 맛이 한데 엮어져 있는 곳은 오직 한 군데뿐인 것 같다.

4. 선교지

1차 방문은 주위에 살고 계신 H장로님의 선도로 그곳을 방문하였던 관계로 선교사님이 우리를 안내했고 개척교회와 교인들의 일상을 잠시 엿볼 수 있었다.

어느 산속에 살고 있는 가족에게 눈길이 머문다.

딱 3평 될까 말까한 판잣집, 아니 집이 아니라 겨우 비바람만 피할 수 있게 판자 몇 개에 누더기 천막으로 얼기설기 엮어진 공간, 엄마와 아이 셋의 생활공간이란다. 아기 아빠는 어디 계시느냐고 묻고 싶었지만 괜히 아픈 사연을 덧나게 할지도 몰라 궁금증을 참아야 했다.

어두침침한 내부, 얇은 판때기 위에 찌들 대로 찌든 이불 하나를 펼쳐놓고 침대로 사용하고 있다.

몇 가지 되지도 않는 가재도구는 여기저기 흩어져 있고 크고 작은 몇 점 옷가지들이 널부러져 있다. 사람이 살 수 있는 최소 생활공간과 생활환경의 한계점인 것 같다는 생각이 든다.

추위가 없는 이곳이기에 이들의 이러한 생활 방식이 가능하리라. 만약 추운 날씨가 공존한다면 이러한 생활은 불가능할 텐데, 천혜의 혜택이 어쩜 이런 생활을 부추기는 요인일 수 있으리라는, 다행과 방치라는 이중적인 잣대가 교차한다.

이런 열악한 환경에 처한 외롭고 소외된 이들을 보듬고 감싸주고 선도하는 것도 개척교회의 소명이라 생각하니 선교사님의 두 어깨가 듬직하고 하나님의 한없는 사랑이 이 가정에도 임하시기를 기도드린다. 생기 없는 아이 엄마의 손에 몇 푼 쥐여주고 나오는 것이 내가 할 수 있는 유일한 일이었다.

경계가 없는 집과 길, 거기에 라임나무 한 그루가 있고 진한 녹색의 크고 작은 열매들이 탐스럽게 열려있어 가까이 다가가 관심을 보이니 여덟 살쯤이나 되었음직한 첫째 아이가 라임 하나를 따서 미소 띤 수줍은 얼굴로 나의 손에 건네준다. 그 순간 알 수없는 따스함이 마음에 와 닿으며 선하고 푸근한 천사의 모습이 이런 것일 거라 형상화해 본다.

5. 피다 만 유랑꽃

　5인의 유랑인들이 함께 만났으니 어딘가 피어있을 유랑꽃을 찾아 길을 떠나야겠다. 1차 방문 시에는 엘살바도르에만 체류했던 관계로 크지 않은 그 나라의 유명지는 거의 다 눈에 담고 왔다.

이제 보폭을 좀 더 넓혀 이웃한 인근 과테말라와 온두라스를 향해 길을 잡을 것이다.

큼직하고 튼튼한 차량을 대여하여 여정을 이어갈 것인데 혹여 있을지도 모를 불상사에 대비해 경호원 겸, 운전수 겸, 경찰 한 사람을 동행하고 이웃나라 과테말라로 향하고 있다.

산길로 이어진 구불구불과 왕복 2차선의 협소한 길, 게다가 도로 공사를 하는 구간이 곳곳에 있어 길 위의 행렬은 저만치 도보 훈련 떠나는 개미들의 행군인 양 길게 이어지고 힘겹게 산길을 오르는 노후 트럭들은 홀로 거북이, 그 뒤를 따르는 유랑인들도 덩달아 뚜벅이 걸음.

태산을 오르듯 한 걸음 한 걸음 옮기다 보니 어느덧 과테말라 국경에 도착해 있었다. 입국 수속을 마치고 뒤돌아보니 국경이란 그냥 '조그만 다리 건너'에 지나지 않았다. 그 다리를 가운데 두고 엘나라와 과나라가 마주하고 있었다.

이미 어둠은 찾아들었고 일반 도로라면 2시간이면 충분한 거리를 8시간이나 걸려 도착한 숙소 리조트, 단지 입구 경비실 겸 사무실에서 수속을 밟고 있는 도중 또 하나의 이변이 일어났으니, 이것은 우리의 일정을 송두리째 뒤죽박죽 합죽으로 만들어버린, 사건도 아닌 것이 사건이 되어버렸다.

여지껏 아무 불평 없이 달려온 차량인데 리조트 사무실 입구에서 잠시 정차하고 쉬게 해줬더니 그냥 잠이 들어버렸다. 후드를 열고 요리조리 손길도 주고 달래도 보았으나 깨어날 기미가 없다.

주인이 잠들기 전에 저 먼저 잠들어버리니 신나야 할 밤이 황당의 밤으로 이어지고….

예정대로라면 우선 짐을 내려놓고 20여 분을 달려 시장 번화가에 가서 근사한 첫 밤의 만찬을 맞으려 했으나 산해진미 만찬의 꿈은 접어야 했고 준비해 온 소박하고 친숙한 라면으로 그 밤 만찬을 대신해야 했다. 허기진 상황에 선택의 여지가 없었던 그 밤의 라면은 정말 맛있었고 고마운 진수성찬이었다. 맞다, '시장이 반찬이요, 허기가 성찬'이다.

그놈 참, 겉은 튼튼하고 멀쩡하게 생겼더만 8시간의 노동력으로 넋을 놓고 말았다니 그동안 렌트카 사이에서 어떻게 line-up하고 있었나….

다음 날 정비사를 불러 진단하니 스타터가 수명이 다해, 요것만 교체하면 문제가 없을 거란다. 이 차량에 맞는 부품이 근교에는 없고 과테말라의 수도인 과테말라 시티에서 공급하는데 10시간이 걸린다 하여 고분고분 말 잘 듣는 이등병이 되어 고쳐만 주십시오, 둘째 날은 그렇게 흘러가고.

다음 날 부품이 도착해 교체를 했건만 회생할 기미가 아니 보여 또다시 수소문을 해 다른 정비사가 왕진한 결과, 여차저차 배선 쪽에 문제가 있다 하여 조치를 취했으나 별 무 효과, 셋째 날도 또 그렇게 흘러가버렸다. 또 다른 정비사가 의기양양하게 진단 장비까지 동원해 왔으나 깨어날 줄 모르고, 또 하루가 가니 예정했던 나흘 일정의 넓은 보폭의 유랑길은 home stay로 채워지고 말았다.

아마 근교 50km 내의 명망 있는 정비사들은 대부분 왕진했으나 결국은 명의를 만나지 못하고 우리 일행은 잠이 든 차량을 홀로 두고 택시를 대절하여 왔던 길로 되돌아가야 했다.

우리가 묵었던 2층 단독 주택은 리조트용으로 서구식의 호화로운 침실과 내부 장식으로 꾸며져있고, 풀장까지 갖추고 있어 그나마 기다림의 무료한 시간을 달랠 수가 있었는데 다행히 그곳이 'Rio dulce'(달콤한 강)라는 유명 관광지에 위치헤 있었다.

rio(강)이라기보다는 호수로 표현함이 옳을 듯한데, 드넓은 호수 주위에는 아름다운 자연 풍광 을 배경으로 리조트들이 곳곳에 자리하고 있었다. 그래서 약간의 편의시설과 레스토랑이 있어 먹거리는 해결할 수 있었다.

묶인 발길에만 연연할 수 없어 우리 일행은 보트를 대여하여 호반의 낭만을 주우러 갔고 여기저기 널린 풍광을 호사롭게 담아내었다.

드넓은 호수 곳곳에 솟아오른 크고 작은 섬들, 전원시인 도연명이 보았다면 여기를 무릉도원이라 칭하고 작고 앙증맞은 낙엽 배 하나 띄워 이리저리 옮겨 다니며 자연을 노래했을 텐데….

여기저기 군락을 이루고 있는 백로들의 보금자리. 육지와는 달리 사람들의 발길과 천적이 닿지 않는 곳이라 천수를 누리기에 더없이 좋은 곳이고, 엎드리면 코 닿을 때에 무진장한 먹거리가 널려있으니 복을 타고 났음이다. 아들딸 낳고 말썽없이 행복하게 살기에는 그만인 것 같다.

자연의 풍광도 좋지만 유랑자들의 진미는 사람 사는 냄새가 물씬 나는 시장통과 그들 삶의 현장을 체험하는 것인데 그 진미는 다음으로 미뤄야만 했다.

먼길 찾아온 유랑길이 비록 한곳에 머무는 것으로 막을 내렸지만 달콤한 추억으로 기억됨은 물론이다. 함께했던 5인의 웃음과 친목으로 마음의 보폭을 넓힐 수 있었고 다음이란 이름의 또 다른 유랑길을 기대할 수 있음에서이리라.

이것도 행보의 한편으로 남겨지는 것을 보니 우리의 뇌는 평범한 것보다는 힘들고 꼬여진 일상을 오래 기억하고 한번 더 떠오르게 하는 반추심보가 잠재해 있나 보다.

연어의 일생

세상에…!

관광객들의 탄성이 여기저기서 터져 나온다.

풀장만 한 커다란 수조 통 안에는 팔뚝만 한 연어가 팔딱팔딱 가득하다. 물 반 고기 반이라는 말이 딱 들어맞는다. 그것도 한둘이 아닌 30여 개의 수조통 안에 가득찬 연어를 보니 용왕님의 궁전을 옮겨와도 될 듯싶다.

알라스카 여행길에 들른 연어네 집,

안내인을 졸졸 따라다니며 열심히 설명을 듣고 있다. 유명지역의 유적지 설명에는 바짝 말린 꼬다리 눈빛으로 건성건성 마른 눈길이었는데 물고기 얘기에는 두 눈과 두 귀가 촉촉이 젖어있고 활짝 열려있다.

그 옛날 시냇가, 강가에서 소꿉들이랑 물장구치며 피라미 잡던 시절부터 물고기에게 호감을 가졌는지도 모른다.

시냇가 물살을 타고 왔다갔다, 수초에 숨었다 살짝 얼굴을 내밀고 어느 순간 사라지는 귀엽고 앙증맞은 피라미들. 이런 자연의 뭇 생명들이 그리도 애착이 갔던 어린 시절이 있었다.

그 피라미는 피라미대로 옛 정감이 있으나 연어의 고향으로 돌아가는 회향성은 신기하기도 하고 타국살이하는 사람에게도 시사하는 바가 있음이다.

이렇듯 흥미로운 물고기, 연어 최대 산지인 알라스카 현지에 왔으니 부지런히 눈품을 팔고 있다.

앞서 언급한 커다란 수조통들 안에 가득한 팔뚝만 한 연어들, 이 녀석들은 어떻게 여기에 와 있을까? 낚시로 낚아 여기에 넣었을까, 뜰채로 잡았을까, 그물로 잡았을까.

대답은 전부 No다. 자발적으로 각 수조통 안에 모여든, 자원해서 고향 앞으로 온 용사들이다.

연유는 이렇다.

'연어의 고향 앞으로'라는 회귀본능을 이용하여 만든 시설. 이 곳에서는 알을 부화시키고 부화된 치어들을 일정 크기가 되면 바로 이곳, 풀장만한 수조통에서 강으로 방류하고 있다 한다.

큰 건물에 현대식 시설을 갖추고 체계적으로 관리하고 있다. 그 연어들은 여기가 고향이다.

강가에 자리잡은 커다란 건물내부엔 부화장, 치어장과 관광객들을 위해 연어의 일생을 생생하게 소개해 주는 전시실이 있고 외부에는 대략 30여 개의 수조들이 남해의 다랭이 논처럼 층층 계단식으로 만들어져 있고, 각 층의 수조와 수조 사이는 두 뼘 정도의 틈을 주어 콸콸콸 물길을 보내 연어길을 만들어 주어 치어들을 내보내고 또 성년이 되어 귀향을 할 때면 역시 이 길을 이용하여 모여든다 한다.

귀향을 환영한다는 현수막이 없어도 바쁘게 즐겁게 고향집으로 모여든다.

그 치어들이 강물을 거쳐 넓은 바다로, 넓은 바다에서 수없이 많은 수전을 치르면서 성년으로 자란 후 시십 장가 갈 때가 되면 산란을 하려고 온갖 고생을 해가며 태어난 고향 수조통 안으로 다시 모여든다. 공장으로 따지면 자동생산라인automatic processing product line이 되는 셈이다.

혼례를 치르면 그때부터 알콩달콩 신혼의 단꿈에 젖어 손에 손잡고 마카오 항구에 홍콩 항구를 수시로 들락거리며 신혼의 단꿈을 맛보아야 할 텐데, 오직 2세를 위해 마지막 혼신을 쏟고 가는 연어의 생, 신혼길이 마지막 길인 요상한 신혼길, 있는 힘을 다해 이곳 고향땅에 이를 악물고 도착했다.

이곳 막바지 고향에 죽을 힘을 다해 와보니 수초도 없고 바위틈도 없고 동료들이 와자지껄 하는 댕그런 풀장 같은 곳에서 고귀한 사랑을 나눌 수 없는 일, 해서 하루이틀 지내다 보니 어느 날 뜰채로 데려가더니, 재미없는 인공 수정으로 사랑을 하게 하여 2세들을 생산하고 맛있고 영양 만점인 먹거리로 희생하여 물고기의 일생을 다하고 있다.

천혜의 혜택을 이곳 사람들은 잘 이용하고 있음이다. 초기자본으로 한번 자리만 잡으면 출조도 사료도 없이 큰 힘 들이지 않고 고급 어종을 손쉽게 거두어들임으로써 지역 수입원으로서의 역할을 톡톡히 하고 있다.

연어를 보면서, 그 자그마한 머리에다 어찌 그리 멀고 먼 고향 길을 메모리했을까, 만물의 영장이라 일컫는 큰 머리 우리 인간에게도 한 번 지나온 백리 길 암기하려 해도 쉬운 일이 아니라서 내비게이션의 신통력에 의지해 다니는데 내비도 없이 수십만 리 멀고 먼 고향 길을 잘도 찾아오는 연어의 IQ는 2~300을 넘나들지도 모른다. 하늘이 내려준 본능이란 틀이 참으로 오묘하기도 하다.

곰들이 어슬렁거리는 불안스런 하천가이던 호화로운 용궁의 구중궁궐이던, 지나온 어린 시절에 대한 향수와 애착은 마지막 한숨까지도 포용하는 소중한 터전이라 되새겨 본다.

고향 그리는 애틋함이 어디 연어뿐이랴.

나에게도 돌아갈 그리운 고향이 있다는 것에 새삼 감사드려야겠다.

언제 들어도 정겨운 고향곡을 떠올린다.

"나의 살던 고향은 꽃피는 산골, 그곳에서 놀던 때가 그립습니다."

연어가 제일 좋아하는 노래일 것 같다.

아지 이야기

산티아고 순례길, 일상을 훌훌 털어버리고 오늘도 길을 잡는다. 처음 며칠간은 이 일 저 일 잡다한 일들이 졸졸 따라다니며 혼돈을 불러왔지만 열흘째로 접어드니 어쩔 수 없는지 떨어져 나간 것 같다.

일터의 일들을 잊어버리고 홀가분한 마음으로 오늘도 출발이다. 알베르게(순례자 숙소)에서 아침 6시반 경에 출발하여 12시쯤 됐으니 5시간 좀 넘게 걸었나 보다.

"아들아, 좀 쉬었다 가자. 배도 고프지?"

민가 골목길 그늘진 곳에 자리를 잡고 내 민생만큼 무거운 배낭을 내려놓고 전날 밤 아들이 만들어놓은 치즈 없은 투박한 빵을 주섬주섬 꺼내어 점심으로 때울 셈이다.

물통을 꺼내 물 한 모금 마시는데, 강아지 한 마리가 꼬리치며 얌전히 내 앞에 자리를 잡는다. 하얗고 까만 털옷을 입은 귀여운 녀석.

점심 밥상을 차리는 줄 알고 함께하자는 신호 같기도 하다. 꼬리치며 얌전히 앉아있는 모습이 마치 오래된 식솔 같다.

"그래, 같이 먹자구나."

어차피 숟가락 들고 먹는 김치찌개도 아니고 바짝 마른 빵, 나 한입 먹고, 너 한 조각 주고 쓰다듬어 주고 또 나 한입 먹고, 너 한 조각 먹고 또 쓰다듬고, 꼬리치고….

"맛이 있냐?"

대답 대신 빼꼼이 쳐다보며 맛있게 먹는다.
아들은 슬며시 웃음 지으며 강아지와의 대화와 아빠의 손길을 바라본다.

"치즈도 좀 주랴?"

"멍멍."

그래, 이것도 나눠 먹자. 길지 않은 시간이지만 주거니 받거니 맛있게 식사를 하고, 다 먹었으니 이젠 가던 길 가야겠다.

배낭을 챙겨 다시 길을 잡는다.

강아지야, 잘 있거라. 언제 다시 만날지 모르겠구나. 머리를 쓰다듬고 안녕을 고했으나 못 알아들은 척인지, 헤어짐이 싫어서인지 내 곁에서 뱅뱅 맴돈다.

"네 이름이 뭐냐?"

물론 대답이 없다. 참, 네 이름을 '아지'로 하자꾸나. 한국에선 새끼 개를 호칭하면 뭐가 되는 줄 아니? 붙임성 있고 이쁜 너에게 그 이름을 붙일 수 없으니 강아지에서 첫 자 빼고 '아지'로 하자꾸나. 어때? 이름도 너처럼 귀엽잖니?

이렇게 해서 좋든 싫든 작명을 해주었으니 다시 한번 불러본다.

"아지야." "멍."

"잘 있거라." "멍멍."

확실하게 대답까지 하는 걸 보니 마음에 썩 드는 모양이다. 그런데, 요 녀석 모든 것 팽개치고 함께 가겠다는 듯이 앞장을 선다. 우리가 가는 길을 알고 있나 보다.

특별히 할 일은 없어도 항상 바쁜 강아지 아닌가. 친구랑 씨름도 해야 하고 풀밭 방아깨비랑 숨바꼭질도 해야 하고….

총총거리며 앞서가는 아지 님,

작별을 고했으면 앞뒤로 갈라서는 것이 정도인데 길잡이가 되려는지 동행을 하려는지 앞장서서 뒤따라가는 우리를 힐끔힐끔 뒤돌아보며 저만치 가다 기다리고, 가다 기다리고, 때론 멍멍 거리며 빨리 오라는 신호를 보낸다. 그 녀석 참 신통하다.

아지와의 타협,

"이 지역은 내가 훤히 꿰고 있으니 가이드 해 드릴게요.""괜찮다." 우리 가는 이 길은 비록 초행이지만 노란 화살표나 조가비 그림만 따라가면 될 것이니 우리는 걱정 말고 집에 가서 주인님께 아뢰거라, 길 가는 두 나그네가 이쁘고 영특한 아지 만나 잠시나마 즐거웠었다고 전해다오.

우거진 숲길을 지나 징검다리 냇물을 건너고 한 고개 넘고 또 다른 언덕길을 오르는데도 여전히 앞장서고, 집으로 돌아갈 기미가 없다.

처음엔 신통하고 기특하고 재미있던 아지와의 발길이 이젠 은근히 걱정이 되어 가던 발길을 멈추고 돌아갈 방향을 가리키며 "이제 됐다, 집에 가야지." 부탁을 해본다. 초랑초랑한 눈망울을 깜박이며 고개를 갸웃거린다.

이러다 영영 한식구가 되려는 것은 아닌지, 한 끼 함께 먹었다고 인연의 끈이 꽁꽁 싸매지지는 않을 텐데 순례길을 내내 졸졸 따라다니면 어떻게 하지.

"알아서 가겠지 뭐." 혼잣말을 하며 아들을 보고 "이 강아지, 우리랑 함께 가려는가 보다."

"그러게요, 꽤 멀리 왔는데요." 아들도 은근히 걱정되나 보다.

"너 그러다가 길 잃어버리면 어쩌려고 자꾸 따라오니." 이젠 사정을 해본다. "집에 돌아가거라, 제발. 너는 진순이가 아니잖니."

또다시 가던 길을 멈추고 아지에게 진순이 스토리를 잠시 내려놓는다. 마음으로 알려주면 알아들을까?

너 진도에 사는 진돗개라고 못 들어봤지, 참 똑똑하고 다부진 한국 토종개란다.

어느 날 진도에 사는 진사님이 서울 사는 서생에게 '진순'이라 부르는 진돗개를 선물하여 멀고 먼 서울 땅으로 데려갔단다.

그랬는데 몇 달이 지난 후 옛 주인집에 다시 찾아온 거야. 서울에서 진도가 얼마나 먼 길인 줄 아니, 자그마치 천릿길이란다.

내비도 없이 나침판도 없이 오직 옛 주인의 정만을 생각하며 그 머나먼 길을 찾아 왔던 거야. 어찌 찾아왔는지는 미스터리 중의 미스터리지만 말 못하는 진순이인지라 밝힐 길이 없구나.

진순이가 산 넘고 물 건너 사력을 다해 옛 주인을 찾아간 것은 정 때문이었을 텐데 너와 나는 첫 선을 본 것뿐인데 정이 들었겠니, 남녀의 맞선처럼 첫눈에 반했겠니, 그러니 제발 돌아 가거라.

"너, 천릿길은 고사하고 십 리 길도 힘들 텐데 어쩌려고 자꾸 따라오니?" 이제는 사정을 하고 있다. 그런데 이 녀석 잔소리 그 만하라는 듯이 맞대꾸를 하고 있다. "멍멍멍." 거 참 별일이네.

자기네 동네에서 한참 떨어진 산기슭인데 어쩌려고 자꾸 따 라오지. 이젠 진짜 걱정이 된다.

사정이 통사정으로 변하여 달래고 있다.

"아지야, 이쁜 아지야, 너 우리가 누군 줄 아니, 집도 절도 없 이 떠도는 나그네 길이란다. 네가 아무리 따라와도 호강시켜 줄 수가 없구나. 길을 잃어버리면 너만 손해 아니냐. 그러니 제 발 돌아가 다오."

외지에서 강아지에게 사정해 보는 사람은 아마 동서고금 처 음일 것이다. 어렸을 적 잡견을 데리고 훈련이라는 명분 아래 폭군행세를 했던 기억이 어렴풋이 나기도 하지만 지금은 맘씨 좋은 친구 되어 어르며 달래고 있다. 어림짐작으로 2km쯤 동 행한 것 같다. 그래도 모르는 척 앞길을 잡는다.

그래, 하는 수 없지. 이번엔 공갈 협박으로 해보자. 순전히 너를 위해 하는 것이니 법정에 서더라도 정상참작은 되겠지. "아지야, 한 고개 더 넘으면 무서운 호랑이 사자도 살고 있고 너와는 조금 다른 들개 떼들도 살고 있단다. 너를 만나면 못살게 굴고 왕따를 시킬 수도 있단다. 요놈들이 나타나면 '걸음아 나 살려라' 하고 나 혼자 내뺄 것이니 그리 알아라." 콧방귀도 안 뀐다. 들은 척도 않고 힐끔 쳐다보고는 다시 앞장서 간다. 이것 참 난감하다.

그래, 성철스님이 말씀하셨다. "산은 산이요 물은 물이로다." 있는 그대로, 사는 그대로, 오고 가는 것 또한 네 맘이로다. 네 맘대로 하거라. 포기하고 쳐다도 안 보고 가는 길을 재촉한다.

이후 얼마쯤 갔을까,

앞서가던 아지 님이 맘을 바꿨는지 오 치쯤 앞에 서더니 "컹컹컹" 무슨 말인지 짖어댄다. 그리고는 오던 길로 뒤도 안 돌아보고 되돌아간다. 무관심이 때로는 약효를 발휘하나 보다.

아하, 스님의 말씀이 통했나 보다.

이젠 내가 떠나는 아지의 뒷모습을 바라보고 있다.

딱 여기까지가 안내지였는지도 모른다. 그렇다면 괜한 오해로 아지의 마음을 헤아리지 못하고 스님의 설법까지 대입했음을 자각하니 순례길 강아지의 깨달음을 얻으려면 아직도 멀은 모양이다.

마지막 남긴 "컹컹컹."이 아무리 생각해도 "Buen Camino." "좋은 여행길 되세요."라는 작별 인사 같다. 보통 아지들은 소리 없이 헤어지는데, 기특하기도 하고 신비롭기도 하다.

아지야, 항상 건강하고 행복하게 살거라.

고흥 거금도

안개 같은 실비가 가늘가늘 내리는 아침,

이른 시골 아침상을 물리자마자 적대봉에 오르려 주섬주섬 봇짐을 챙겨 배낭 속에 넣는다.

전날 봐두었던 7.3km의 산행으로 15km의 둘레길을 대신하리라는 축약의 혜택을 갖고자 함이다. 그런데 어쩌랴….

"오메, 뭇할라고 그 멀고 험한 산길을 갈라고 하요. 비도 온다는디 우짜꼬."

그 전날 거금도 청석마을에 도착해 하룻밤 묵은 민박집 할매가 한사코 산행을 말린다.

누구라도 말릴 만한 상황이다.

주말에는 등산객들의 발길이 제법 모여든다지만 주중인지라 인적도 없는데 혹여 험한 산행 중에 불상사라도 일어나면 우짜꼬, 하는 염려와 거기에 하늘까지 잔뜩 찌뿌리고 있어 언제 한 바탕 내릴지 몰라 또 우짜꼬가 되셨던 모양이다.

할매의 말씀이 심오한 충고일지라도, 고맙지만 나는 유랑길을 가겠다고 천릿길을 달려온 것이니 그 약속을 지키고자 함이요 이왕 나선 발길이니 인적없는 고요한 시간에 적대봉 정상과 푸짐한 일대일 대면을 하고 싶다는 욕구도 섞여있었으리라.

나그네의 애초 방향설정은 험하고 굴곡진 미지의 산길보다는 완만하고 안전한 둘레길이었는데 그날따라 왠지 무지와 건방이 고집을 부리고 기어이 산행으로 발길을 옮기고 있다.

그래 가보자, 아무리 산행이라지만 그깟 7.3km. 아침 발길이 제법 호기롭다.

첫 관문인 '거금 생태숲'의 커다란 입석이 방긋이 미소 지으며 나그네를 반기는 듯하다.

평범한 발걸음으로 시작된 첫 행보는 주위를 둘러보면서 "어?"라는 의문으로 변하고 아이러니하게도 공동화장실에서는 "아!"라는 감탄사가 터져 나오고 말았다.

38년 전 한국을 떠날 때 가지고 있던 이미지는 아주 낡은 색 바랜 기억이었고, 이젠 풍요로운 반도땅이 도래했음을 피부 깊숙이 느끼게 되었다.

곳곳에 조성된 인공물들은 자연형태를 크게 거스르지 않는 범위 내에서 조화를 이룬 지혜가 엿보이고 특히나 이토록 외진 섬마을(예전) 공중 화장실도 현대식으로 편리하고 깔끔하게 단장하고 거기에 화장지까지 겸비한 문화를 보고 자부심이 느껴지기도 했다. 이 어찌 격세지감의 세월이 아니겠는가.

내 어린 시절을 떠올리고 있다. 그때 대한민국의 생활환경은 극히 일부 특수계층을 제외하고는 너나없이 대부분, 지금은 상상할 수 없는 열악한 환경이었다. 몸도 마음도 피폐했던 6·25의 잿더미에서 뿌리내린 번영의 꽃송이, 그 무궁화 꽃을 일구어 낸 오늘의 풍요는 우리 배달민족의 근면함과 내일을 향한 진취성, 인정을 바탕으로 한 단일민족의 끈끈한 유대관계, 그리고 강인한 끈기가 이루어 낸 기적이라 아니할 수 없다.

초입에서 넋을 잃고 바라봤던 선진화된 고국의 발전상에 잠시 동요되었나 보다. 어디 여기뿐이겠는가, 한강을 기점으로 강 따라 길 따라 전국 곳곳에 기적의 꽃들이 피어있는걸…. 가던 길 계속 가야지.

동행하는 이 없으니 외로움이 찾아들 때도 있지만 바람 같은 자유와 분방이 있어 유유자적하다.

섬에 살고 있는 산들은 대부분 가파른 절벽이 바다에 면하고 있어 산세가 뛰어나지만 일부 구간은 생각보다 위험하고 힘이 들기도 하다.

얼마쯤 왔을까. 저 아래 내려다보이는 칠색의 향연이 발아래에 펼쳐지고 시월의 속살과 어우러진 단풍의 행렬이 울 할머니 미소처럼 따뜻하고 아름답다.

산세와 바다와 청석골 마을의 조화로움이 팔남매를 낳고 길러낸 헌신적인 한국 어머니의 형상인양 V자 모양으로 포근히 감싸고 있다.

봄여름만큼 고이 간직한 파란 잎들의 속삭임들은 가을바람이 데려온 풍요의 입맞춤에 취해 살며시 무지개 옷으로 갈아입고 머잖아 다가올 이별의 향연을 준비하고 있다.

가벼이 여겼던 육백고지, 생각보다 가파른 길이 연이어지고 힘든 다리품에 "아이고"를 속으로 삭이며 오르는 오르막길, 낭만은 사치가 되어 저만치 뒤쳐져서 마지못해 따라온다. 그렇게 홀로 산행은 외로움과 무거운 발길을 동반하고 고지를 향하고 있다.

산 넘어 산이라 했던가.

이대로 멈출 수 없기에 홀로 행보는 계속되고….

한 고개 넘으니 또 한 고개, 여기가 꽃바람 데려오는 남촌인데 인적도 없고 까투리의 울음소리도 없는 걸 보니 산속의 고요함이 나그네 마음 같다.

한바탕 쏟아질 듯 말 듯 찌푸린 하늘이 봉우리를 지척에 두고 기어코 장대비를 내려놓고 만다.

아무도 오지 않은 오늘 산속에 뜻밖에도 요상한 나그네 하나가 찾아왔으니 반가움의 표식으로 내어놓은 선물일지도 모른다.

이런 선물은 아니 주어도 무방하나 조금 후에야 그 선물의 가치를 깨달았음은, 혹시 모를 상황에 대비해 배낭에 구겨 넣었던 주먹만 한 간이 우의를 꺼내 뒤집어쓰고 바위틈에 몸을 사리니 모든 것을 감싸 안은 어머니의 푸근한 품속 같다.

아, 이런 느낌이 얼마만인가. 주위의 만물은 오는 비에 대책

없이 몸을 맡겨 흠뻑 젖어있지만 한 몸 감싸고 있는 한꺼풀 우의는 난공불락 철옹성의 요새인 양 나를 보호해 주고 후두둑 후두둑 귓전을 때리는 빗소리는 자연이 불러주는 노랫소리로 들려온다. 의도하지 않은 작은 멈춤인데 감사가 찾아오는 것을 보니 적대봉의 영기가 마음 어딘가에 와닿았던 모양이다.

    비구름도 한곳에 오래 머물지 않고 어디론가 흘러가고 나그네도 철옹성을 탈탈 털어 추스르니 봉수대의 옹벽이 빨리 오라 손짓한다.

    봉수대.
    바다와 함께 숨을 쉬고 있다.
    남녘의 따스한 바람이
    스쳐 지나가는 길목.
    고래 등을 짊어지고
    한곳에 내려앉은 봉우리.
    조국의 파수꾼 되어 아래를 굽어보며
    장엄하게 우뚝 서있다.
    오랜 세월의 풍상을 견디고
    조상의 혼백을 감싸 안으며
    백 년 두 백 년 전 아니 더 멀리에도
    외부의 침입이 있던 날
    봉수대의 불은 지펴지고
    한반도의 지킴이가 된다.

여기가 바로 그 자리,

조상의 발자취가 켜켜이 쌓여있는 곳.

적대봉 정상에 흐르는 정기는

선조들이 내려놓은 한없는 사랑.

인접한 형제섬들과 함께 영원하리….

흔들림 없는 적대봉의 높은 기상에 합장하고

신비한 접대에 감사하고 하산길을 잡는다.

비록 고요 속에 파고든 홀로 산행이었지만

산에 사는 생명들과의 교감이 단풍만큼이나 아름다워서 정겨
움으로 다가온다.

버스 안에서

손님은 열두어 명, 노부부와 학생인 듯한 숙녀님들 넷, 홀로 탑승객들 몇 명, 그리고 배낭을 둘러멘 검은머리 동양인 둘, 국경지대 스페인 Irun에서 프랑스 Bayonne으로 가는 길이다.

버스의 좌석 배치는 정 방향과 옆 방향, 마주보는 좌석으로 손님의 취향을 두루 안배해 놓은 듯하다.

차내에는 책을 보는 사람, 창밖을 내다보는 사람, 눈을 감고 잠을 청하는 사람, 도란도란 얘기하는 사람, 흔들리는 버스 안에서 제각기 자신들의 시간을 조용히 보내고 있다. 어느 정류장에서 40대 초반의 남성이 타기 전까지는 그랬었다.

한 사내가 버스에 오른다.

약간은 히피스러운 듯하지만 그리 불량스럽지는 않은 듯한 용모. 맨 뒷좌석으로 자리를 잡더니 주머니에서 주섬주섬 메모지를 한 장 꺼낸다. 주문을 외우듯 혼자서 낮은 음으로 무엇인가를 중얼거리기 시작한다. 이내 그 주문은 음률로 갈아타 중저음의 노래로 변하고 계속되는 그의 노래에 승객들의 시선은 그 사내에게 머물렀지만 사내는 아랑곳없이 하던 노래를 계속한다.

이쯤해서 마주보고 앉은 학생들은 한 손을 입으로 가져가 키득키득, 허리를 앞으로 숙이고 웃음을 자제하지만 장난기 어린 표정으로 저희들끼리 무슨 말인가 숙덕거린다.

불어라고는 고유명사밖에 모르는 나로서는 그 사람이 무슨 주문을 외우는지 어떤 노래를 하는지 알 길이 없다. 설령 안다한들 나를 향한 것이 아닐 것임에 소 닭 쳐다보듯 무관심으로 가고 있다.

무거운 눈꺼풀은 천근을 달았는지 아래로 쳐져 있어 잠을 청하고 있었는데 나의 잠이 완전히 그 사내의 수중으로 들어가 있다.

자그마하게 시작된 노래가 어느새 중 고음으로 갈아탔다. 꼬구랑~ 꼬구랑~~ 에, 에….

음악에 문외한인 나로서도 기가 막힌다.

음정, 박자 거기에 음색에도 구애받지 않고 자유자재로 음악을 다스리고 있다. 음악을 다스리는 자를 음치라 했던가. 아무튼 그 음치가 신기에 가까우니 버스 안 승객들도 히죽히죽 만면에 웃음을 머금고 있지만 조용히 그의 노래를 경청(?)하고 있다.

정말 열심으로 부른다 ㅋㅋㅋ.

점입가경, 이제는 버스 안에서 떠나갈 듯한 고음도 수시로 불사한다. 락큰롤에 하드록에 메탈까지 구사한다. 이쯤 되면 기사님이나 승객들 중 누군가가 제지할 만도 한데, 나서는 이 아무도 없다.

오히려 학생들은 반복되는 후렴구를 외워 합창하고 있다. 에~ 에~ 히히 호호….

학생들의 합창에 더욱 신이 난 이 사내,

이제 버스 안은 이 사내의 리사이틀 무대가 되었다. 이를 두고 '고성방가'라 할 것이다. 일부 취객들의 전유물인 줄 알고 있었는데 멀쩡한 대낮에 맨 정신으로 어찌 이런 배짱이 나올 수 있을까. 아무튼 대단한 배짱이다.

이 사내의 버스 안 특별공연은 계속 이어지고 약 40여 분이 지난 후 버스가 목적지에 도착해서야 그의 노래는 그쳤고 모두가 떠나는 그의 뒷모습을 신비 섞인 미소로 힐끔거리고 있다.

나를 포함한 승객들, 이해심의 여유가 있었던 걸까? 엉뚱한 발성에 흥미가 있었던 걸까?

하기야 두 사람의 핏대 올린 고성보다는 한사람의 방가가 한층 아름답기는 하다. 비록 가시나무에 부는 바람소리 같은 발성이었을지라도….

이방인의 두 귀가 쫑긋 세워졌던 희한한 샹송, 그리고 한 사내, 생각하면 지금도 웃음이 절로 나온다. 샹송의 여왕 에디트

피아프의 달콤한 '사랑의 찬가'를 들으며 그때 잃어버린 단잠을 청해야겠다.

그 사내, 지금도 어디쯤에선가 그 노래를 계속 부르고 있을까. 행운을 빌어본다.

2차 산티아고 순례길

정겨운 하모니카 소리가 피레네 산맥 8부 능선에 울려 퍼진다. 키가 큰 나무들은 저 아래 온후한 아랫마을에 자리 잡고 납작 엎드린 잔풀들만이 듬성듬성 군락을 이루고 있는 지점, 이쯤해서 이고 지고 온 다리품을 달래며 진한 휴식을 갖는다.

'짱'이 배낭을 뒤적이더니 하모니카를 꺼내들고 애잔한 음률을 이국산맥에 흩뿌리고 있다.

주위에서 휴식을 취하고 있던 다른 순례객들이 귀를 이쪽으로 열어두고 힘들고 지친 숨결 뒤에 숨겨진 순수의 멜로디에 아낌없는 박수갈채를 보낸다.

이 길을 걷고 있는 고행의 동질감과 이만치에서 보듬은 평온이 그 멜로디와 함께함이었으리라.

나에게는 아들과의 1차 순례에 이어 이번이 두 번째 길이라 그 길의 정서는 어쭙잖게 눈치채고 있으나 계절을 가을에서 봄으로 갈아탔고 동행이 수직에서 수평으로 바뀌었을 뿐 산천은 그대로 유구함이니 다시 찾은 그 길은 낯익은 표정으로 그리고 새롭게 우리 일행을 맞이하고 있다.

이곳을 찾는 이유는 개인에 따라 각기 다르겠지만 종교적인 이유로 고행을 체험하러 오기도 하고 굴곡진 생의 길목에서 어느 순간 자신을 뒤돌아보고 싶을 때 모든 것 내려놓고 초연한 마음으로 자신과의 대화도 하는 'find oneself'임이 아닐까.

***

소꿉들의 일탈, 육십갑자를 한 바퀴 휘이 바쁘게 달려온 4인의 소꿉들이 의기투합하여 낯설고 물 설은 머나먼 이국땅에서 고행의 발길을 하고 있다.

젊어서 고생은 사서도 한다는데 아직 그 젊음과 함께하고 있음을 증명이라도 하려는 듯이 자청해서 이 길을 걷고 있다. 아니 아직은 팔팔하다는 자신감일 것이다. 더하여 여기가 어디쯤인지 자기에게 내려앉은 세월의 무게를 내려놓고 싶은 바람도 있으리라.

그 건각들이 험하디 험한 피레네 산맥을 넘어 걷기도 하고 버스나 기차로 이동하여 스페인 서부 끝자락 '피니스테라'에서 일정을 마무리하는 2주간의 일정으로 이 순례길을 기획하게 되었다.

***

재회, 반가운 얼굴들, 만남이란 이런 것인가?

사월의 푸르름은 소꿉이란 단어만큼 싱싱하고 푸근히 다가왔다. 어둠 내린 생소한 마드리드 공항 입국장 한쪽에서 반갑고 그리운 3인의 반도땅 소꿉들이 커다란 배낭 하나씩을 짊어지고 개선장군의 환한 함박웃음을 안고 계단을 내려오고 있다. 아메리카에서 아침 일찍 이곳에 도착한 삼식이는 마드리드 쏠광장 가까운 곳에 숙소를 잡고 삼인의 건각들을 마중 나온 길이었다.

그래! 바로 저 모습들이야, 내가 알고 있는 정겹고 아름다운 얼굴들. 장시간의 비행에 지칠 만도 한데 그 옛날 철다리 밑에서 송사리 잡던 초롱초롱한 얼굴로 우리는 그렇게 재회를 했다.

소꿉친구 4인의 이니셜을 합쳐보니 (삼.섭.창.봉) 공교롭게도 진기한 모임 이름이 붙여진다.

이른바 '삼선짬뽕', 조금은 억지스럽기는 해도 중국집에 얌전히 자리 잡고 있어야 할 이름이 마드리드 바라하스 공항에서 새롭게 태어났다.

프랑스 생쟁 마을.

오순도순, 작지만 참 이쁜 산골마을 생쟁. 마을 중심부에 산 속을 돌고 돌아 모여든 맑고 투명한 개울물이 흐르고 음식점과 숙박업소, 편의점, 기념품 가게 등 순례자들의 편의를 위한 시설들이 아기자기하게 자리 잡고 있다.

그 옛날 나폴레옹이 스페인을 침공할 때 여기를 기점으로 대장정의 깃발을 올렸던 곳으로 이 산맥을 넘었다 하여 '나폴레옹 루트'라고도 한다.

이곳에서 크레덴시알이라는 순례자 여권을 발급받고 순례길의 첫 밤을 맞는다.

산골짜기 산 아래 이층집 꼭대기에서 그 짬뽕들이 첫날밤을 무사히 보내고 주섬주섬 배낭을 챙겨 주방으로 향하니 거기에는 이미 많은 순례객들이 투박한 빵과 따뜻한 수프로 아침을 먹고 있다.

식당 한편에 나란히 내려놓은 동행할 단봇짐들도 장도의 순례길이 설레는지 앙팡진 차림을 하고 기다리고 있다. 모두의 가슴속에 피어오르는 뭔지 모를 설렘을 이 새벽은 알고 있을까….

아직은 햇님이 떠오르기 전이라 달빛의 여명을 안고 길을 잡는다.

4인의 건각들이 앞서거니 뒤서거니 부지런히 걷고 있다. 돈도 아니요 명예도 아닌 이 길을 때로는 침묵으로 때로는 웃음꽃을 피우면서 일 삼아서 걷고 있다.

누구나 예외 없이 2, 3일을 기점으로 물집이 살며시 찾아와 불편을 주기도 하지만 2, 3일만 지나면 소리 없이 나가고 또

2, 3일만 지나면 으레 그랬던 것처럼 걷는 것이 일과로 여겨지는 길.

무엇인가에 홀려도 단단히 홀리고 취해도 단단히 취한 모양이다. 먹는 것, 자는 것, 입는 것 모든 것이 불편했지만 아무런 불평 없이 혼신의 힘을 다하여 생고생을 사서 하고 있다. 참 이상한 사람들이다.

우리만이 그런 게 아니다. 이 고생을 하려고 세계 각지에서 수많은 사람들이 모여들고 있으니 요술 같은 길이고 소꿉들과 동행하니 신기한 길이 되었다. 푹 삭힌 동무들과 동행함은 한 길이지만 두 길이 열려있다.

한 길은 나를 홀로 짊어지고 걷는 길이요, 또 한 길은 어린 시절 추억도 살포시 엮어 함께 걷는 길이니 혼자여서 좋고 함께해서 신이 났던 수수께끼의 소풍 길이었다.

집에서는 근엄하고 아이들 앞에서는 철이란 철은 가득 든 아비들이지만 어릴 적 철없던 시절의 소꿉들끼리 만나면 철딱서니는 어디론가 팽개치고 딱 그 시절만큼 고만고만하게 논다.

이대로 쭉 가면 어린 시절로 돌아가 구슬치기 딱지치기라도 할 기세다.

백 살을 먹어도 소꿉친구들과 함께하면 저절로 아이가 된다는 옛말이 실감된다. 이 넘 저 넘에 옛정까지 가미되니 그 시절의 순수와 천진난만이 하얀 서리 내려앉은 이 세월까지 따라와 함께하고 있다.

그래 우정이란, 기억의 동질성에 근거한 피카소의 그림처럼 추상적이지만 마음의 작용을 들여다보면 형체 없는 교감들이 오고 가면서 서로의 끈끈한 친근감과 이해심이 엮여져 있는 질기고 질긴 삼베로 만든 동아줄 같은 것이 아닐까….

그 길,

그런가 보다. 그 길을 걸으면 사람들은 변화된다.

군복을 입고 있으면 용감한 군인이 되고 웨딩드레스를 입고 있으면 어여쁜 새색시가 되듯이 그 길에서 배낭을 짊어지면 순례자가 된다.

나는 그 길을 걸으며 무수히 많은 천사들을 만났다. 아니, 그 길에 서면 나 자신도 모르게 날개가 달리나 보다.

자신보다 목마른 이를 만나면 물병을 건네주고 배고픈 이를 만나면 나눔을 실천하고 아픈 이를 만나면 격려해 주고 누가 먼저랄 것도 없이 '좋은 여행길buen camino'로 서로의 안부를 내려놓으며 행운을 빌어준다. 도심 속의 경쟁과 바쁜 일상에서 무심히 지나쳤던 자비와 사랑이 그 길 위에 살포시 숨어있다.

한없이 걷는 길 위에서 길은 마치 알고 있는 듯 자신과의 대화를 유도한다.

일상에서 주고받을 수 없는 의문과 답변이 자신을 주제로 새롭게 그리고 천천히 도출된다.

먼 길 동행한 자신을 제3의 관점에서 돌아보며, 그렇다!

혼자 걷는 그 길은 자신을 오롯이 안고 가기에 스스로 지혜로운 길로 인도하기를 갈구하고 자신을 사랑하는 방법도 알음알음 구하고 주위와 어우러짐 속에 배려를 내어주며, 그리고 남을 나처럼 배려하는 방법도 알려준다.

움켜쥐고 온 희노애락의 세상사를 요란스럽지 않게 길 위에 뿌리면서 작은 깨달음을 얻기도 하고 몸과 마음이 하나 되어 평안을 들이고 광활한 초원의 자유를 만끽하기도 한다.

스스로 다독이고 위로하며 일상에서 인식하지 못했던 것들을 새로이 느끼고 배우는 길, 한 삼사 일 지나면 누구의 가르침이 없어도 일상에서 느끼지 못했던 배움이 찾아온다.

그 불편할 것 같은 다닥다닥 붙은 이층 침대가 왜 그리 안락하고 달콤하던가.

그 꾸깃꾸깃한 작고 허술한 침낭이 마치 내 분신인 양 왜 그렇게 고맙고 푸근하던가.

일과를 마무리하고 침대에 누우면 그 시간이 오직 나만의 오붓한 시간으로 다가온다.

나를 새롭게 인식하고 나 자신과의 허물없는 대화가 이어진다. 그것은 복잡한 일상에서 쉽게 얻을 수 없는 진귀한 보물이다.

소꿉들도 가만히 보니 나름대로의 삼매경에 빠져 무엇인가에 심취해 있다.

몸은 비록 힘들어도 땅 설고 말 설은 낯선 곳에서의 고행을 통해 지나온 과거를 차분히 뒤돌아볼 수 있는 자기성찰의 기회와 다가올 미래를 보다 슬기롭게 나란히 줄 세우는 시간을 보내고 있는지도 모른다.

힘든 여정이었지만 바람 따라 마음 따라 구름처럼 자유롭게 흘러 다니다 돌아온 유랑길,

소꿉친구 4인의 산티아고 순례길은 참으로 귀한 여정이었고 일생에 기억될 소풍이었고 신기한 길이었다.

나는 그 길이 참 좋다.

일상에서 만날 수 없는 것들이 수줍은 듯이 숨어있다.

불편해서 편안하다.

힘들어서 홀가분하다.

낯설어서 친근감 있고,

툭툭 털을 수 있어 또 다른 것으로 채워지고,

저만치 멈춰 서서 나를 보고,

멀리 내려놓은 또 다른 나를 보고 행복했던 길.

나는 그 길만큼 좋은 길을 만난 적이 없다.

각기 다른 사람들이 걸으며 두고 간

각기 다른 사연들이 그 길 위에서 만나 오순도순 하모니를 이루고

수없이 많은 사연들이 서로 교감을 주고받는 길.

"그 길은 안 가본 사람은 있어도 한 번만 가본 사람은 없다는데 우리 한번 다시 가볼까?"

4인 4색이라 했는데 대답은 모두 끄덕끄덕, 4인 1색으로 돌아온다.

머잖은 날, 우리는 다시 무거운 짐을 짊어지고 가벼움을 배우러 그 길을 떠날 것이다.

그 길을 생각하면 새로운 설렘이 앞장을 선다.

언제고 바람처럼 길 바람이 불어오면 설렘을 만나러 발길을
또 돌릴 것이다.

그 길은 언제나 열려있고 기다려줄 것이다.

그리고 이렇게 기억하리라.

나에게 그 길은 휴식이요 소풍이요,

나를 만나는 호연의 길이요 배움의 길이라고….

우리가 살아가면서 맺은 친구라는 인연이 귀히 쓰인다면
더할 수 없는 삶의 활력소가 되고
매끄럽고 부담 없는 윤활유 작용을 하고
때로는 방향설정의 나침판 역할을 하기도 할 것이다.
친구, 참 다정하고 푸근한 두 글자이다.
그러기에 편안하고 허물없는 막역한 사이이다.

- 친구 단상 中 -

3장

친구
단상

어느 어촌마을을 지나치다가 엊그제 잡았음직한 넙대대한 서대를 햇볕에 꼬득하게 말리고 있는 광경을 보면 그 친구가 떠오른다. 그가 무척 좋아하는 생선인데 질리지 않을 정도로 한 이만 원어치 정도 사서 보내주고 싶은 마음이 든다.

논산 어디쯤인가 그 과수원이 있다. 거기에서 재배하는 사과는 여느 품종과는 달리 상큼한 맛이 일품이다. "아는 사람만 안다"는 소문인지라 아직은 이 상큼한 맛을 못 보았을 친구에게 한 움큼 안기고 싶다. 그 옆 짜투리 땅에 꿰다놓은 보릿자루마냥 생뚱맞게 심겨진 대추나무 한 그루에 실하게 열린 대추 두세 알을 덤으로 챙겨서 보내주고 싶다.

마음으로 치면 모든 것을 다 내주어도 아깝지 않은 어머니의 마음하고야 비교할 수는 없지만 "시끼 뭐 이런 것을." 하고 멋쩍게 웃음 지으며 받아볼 친구의 모습을 그려보는 것만으로도 훈훈함을 맛본다. 이 한마디에 웃음도 고마움도 정다움도 섞여 있기 때문이다.

우리가 살아가면서 맺은 친구라는 인연이 귀히 쓰인다면 더할 수 없는 삶의 활력소가 되고 매끄럽고 부담 없는 윤활유 작용을 하고 때로는 방향설정의 나침판 역할을 하기도 할 것이다.

친구, 참 다정하고 푸근한 두 글자이다.

그러기에 편안하고 허물없는 막역한 사이이다.

경포대 추억

나에게는 허물없고 정감이 가는 친구가 몇 있다. 그중의 하나, 그 친구를 생각하니 오래된 기억 하나가 떠오르며 살며시 미소를 안겨준다.

그러니까 한 사십하고도 3, 4년이 흘렀나 보다. 십 년이면 강산도 변한다는데 그보다 몇 갑절의 세월이 흘러갔으니 산천과 인걸은 몰라보게 변했을 것이지만 경포대라는 지명과 기억은 옛날 그대로 기억 속에 머물러 있다.

하늘에 둥둥 떠 있는 구름을 향해 손을 내밀어 뜬구름을 한 움큼 움켜쥐었던 시절, 움켜쥔 두 손에는 비록 허상만 남은 빈 손이었지만, 비었기 때문에 꿈이 찾아와 둥지를 틀 수 있었던 새파란 청춘 시절 이야기이다.

친구라는 정감과 젊음의 발자욱들이 신비롭기만 했던 어느 여름날, 더위가 기승을 부리던 칠월 중순쯤이었나 보다.

예의 뜬구름을 잡으려는 다른 두 사내들과 함께 부푼 가슴을 안고 청량리에서 완행열차를 타고 강릉 경포대로 행락의 발길을 잡았었다.

그때는 승용차가 아주 귀한 시절이라 주로 대중교통을 이용했고 특히 주말이면 경춘선이나 중앙선은 행락객들로 콩나물 시루, 게다가 삼삼오오 어울려서 기타 하나쯤은 가지고 다니며 흥을 돋우고 서너 명이 선창을 하면 주위 젊은이들 모두가 따라 해 콩나물 음계가 그 열차 시루 안에서 춤을 추던 그야말로 칠공팔공 낭만의 호시절이었다.

"별이 쏟아지는 해변으로 가요, 해변으로 가요~"

지금도 이 노래를 들으면 별이 쏟아지는 설렘이 안겨 온다. 하얀 백사장에 마구 쏟아지는 별들을 펼쳐놓고 오고 있는 미지의 세계에 대한 미로 같은 시간과 로맨스를 즐기기도 했었다.

이 행락의 이벤트를 마련한 것은 물놀이도 중요하지만 잘 하면 우연을 가장한 인연의 꽃도 한 송이 만날 수 있을 것이라는 기대를 안고 있었음은 모두의 공통점이었을 것이다. 기대가 크면 실망도 크다는데, 그래도 임자 없는 총각들이다 보니 맹탕보다는 뭔가 있을지도 모른다는 한 가닥 희망도 안고 있었다. 사실 그때까지 꽃반지라도 선물할 상대가 없었는데 그 귀한 인연의 꽃이 그곳에 피어 있을 리가 없었으니 그냥 그대로 우리 끼리 노는 것으로 만족해야 했다. 그래 우리끼리 노는 것이니 체면은 접어두고 편안하고 격식 없고 허물없는 동무의 영역으로 들어가 그때 그 시절을 들여다본다.

지금이야 풍요의 시대인지라 굳이 그럴 필요가 없지만 너나 없이 궁핍했던 그 시절의 행락은 주섬주섬 있는 것 대충 대충 챙기고 텐트며 취사도구 등 모자란 것은 품앗이로 서로 빌리고 빌려주는 편의를 주고받았다. 편의에 따라 내 것 네 것이 혼합되는 나눔이 미덕이기도 했었다.

지금은 어찌 변했을까 궁금증이 일기도 하지만 그때는 경포 해변 백사장에서 30여 보 정도에 소나무 숲이 있어 거기에 텐트를 치고 살림을 차렸었는데 스마트폰도 노래방도 없던 시절이라 딱히 놀거리도 없고 갈 곳도 없어 주로 밤이면 백사장에 모닥불 피워놓고 빙 둘러앉아, "조개 껍질 묶어 그녀의 목에 걸고" 꿈결 같은 가사와 음률을 기타 반주에 맞추어 노래하면 지나가던 초면의 행락객들도 한데 어우러져 백사장의 온기를 달구었던 우리 시대만의 분위기를 연출하던 시절이었다.

이렇게 놀고 소일하며 며칠간을 보냈는데 그중의 한날 아침의 풍경은 지금도 눈에 선하다.
때는 한창 행락철인지라 야영지에서 조금 떨어진 방파제에서는 이른 아침 야영객들을 상대로 아낙들이 바구니나 넓직한 대야에 활어부터 건어물까지 두루두루 판매했었는데 아침 해변 시장 둘러보는 발길은 평소와는 다른 신선한 맛이 배어 있기도 했다.

그 신선한 맛과 상큼한 파도소리가 어우러진 곳으로 빠우와 함께 아침 매운탕거리를 마련하려 이른 발품을 팔고 있다. 휘적휘적 한 바퀴 돌아들고 나니 빠우가 드디어 어느 곱고 이쁜 아낙 앞에 멈춰 선다. 숨겨진 빠우의 끼가 나오려나 보다.

그의 지론이 성문화된 것은 아니었지만 예산은 알뜰하게, 예의는 품위 있게, 사랑은 양보하고, 형통은 솔선하고, 행동은 수범하고, 행복의 열쇠를 쥐고 있는 듯 아량도 푸른 바다처럼 넓고 희생하는 편이었으니 무엇을 해도 밉지 않은 참 멋진 녀석이다.

근데 야가 가끔 뭔가에 씌울 때도 있다. 특히 곱상한 아낙한테는 이해심의 아량과 베품의 선심이 뒤죽박죽, 그때 우리는 아량은 넉넉히 써도 좋았으나 주머니와 연관된 선심은 절약해야 할 상황이었지만 그 선심이 풍선처럼 부풀어 오를 때도 있는데 수시로가 아니라 어쩌다 한 번, 그것도 없다면 사내라고 할 수 있겠나. 우리는 그의 선심을 아량으로 덮어 두었어야 했음은 그의 선한 속마음을 꿰고 있었기 때문이다.

그의 일상적인 거래는 구수한 구구단으로 시작 – 구수한 구구단이란 그만의 셈법인데, 대중성은 없고 혼란은 부추기는 사이비 흥정인지라 무심결에 동조하면 뱁새가 뻐꾸기 알을 자기 알로 착각하는 경우가 된다.

삼식이는 주로 포도청 졸이 되어 졸졸 따라다니면서 배우기도 하고 후원도 하고 주로 쓸데없는 얘기가 오간 걸로 기억하지만, 흥정은 그 옛날 대동강 물 팔아먹은 김선달이 마나님 심부름으로 시장에서 콩나물 살 때 쓰던 구구단 ─ 삼사는 丁, 이칠에 십일, 뭐 이런 계산법이다.

제대로 된 구구단을 외우고 있는지는 그 친구 머릿속을 들여다 볼 수 없어 모르겠지만 때에 따라 구구단이 수시로 변하니 고장난 것으로 치부하려 해도 줄 때와 받을 때가 영특하게 다르니 동행자 입장에서는 스마일이 자리잡는다.

처음에 아낙은 머쓱해 하며 좀 헷갈려 하긴 했지만 이내 그 셈법에 익숙해지고 맞받아치는 센스가 장기판의 포가 되어 금세 삼사는 십사, 이칠에 십육… 주거니 받거니, 이때 어느 한쪽에서 모르는 척 밀리면 거래는 성사되는데 둘 다 팽팽한 평행선을 이루고 있으니 두 영특함이 밀당을 하다말고 "담에 올게요." 아마 빠우가 아낙의 기에 눌렸음이리라.

여기저기 기웃거리다 말고 이번엔 어느 아짐씨 좌대 앞에 서더니

"이거 뭔 고기가 이렇게 못났디야, 맛도 디지게 없겠다." 이렇게 시비를 건네니

아짐씨 씨익 웃으면서 하시는 말씀,

"생기긴 이래도 맛은 일품이에요."

생긴 거?

뭐랄까, 얼굴 전체가 입으로 꽉찬 녀석.
삼식이 고기란다. 그때 처음 그 녀석이랑 상견례를 했었지.

"근데 왜 이름이 하필 삼식이에요?"

"나도 몰라요, 못 생겨서 그런 이름을 붙였나 봐요." 못 생기면 다 삼식이인가 보다.

삼식이 입장에선 측은한 동명의 고기에게 애처러움을 보내야 하는데 모르는 척….

근데 빠우 이넘 시키 내 옆구리 쿡쿡 찌르며

"낄낄낄… 야, 너래!"

속사정을 알 리 없는 아짐씨도 덩달아 ㅎㅎㅎ,
삼식이는 삼식이가 아닌 척 ㅋㅋㅋ.

그 고기 그래도 '일품'의 맛으로 한가닥한다니 벼슬로 치면
우의정이나 좌의정 정도는 되지 않을까? 일품이라는 말에 위로
는 받았지만, 고기는 고기답게 숭어, 홍어, 병어, 도미, 조기 등
먹음직스럽게 지어야 되는데 고기 이름이 삼식이라니, 누가 작
명했는지 원….

맛은 봤냐구?
내가 빠우 허리춤을 당겼지.

"새꺄, 맛 없겠다. 딴걸로 먹자."

그냥 그 흔한 망둥이 비슷한 것으로 때운 것 같다.

찌개가 끓고 먹을 준비가 되기 전까지 빠우의 궁시렁궁시렁
경험담은 계속되고, 웃다 요리하다 보니 식욕은 돋우어지고 총
각들의 매운탕이라는 게 고기 두어 점에 감자 양파 풋고추에
고추장 확 풀어 넣으면 이걸로 끝. 코펠 뚜껑에다 밥 한 공기
푹 넣고, 요 매운탕 뒤집어씌우면 게 눈 감추듯 한순간에 뚝딱.
물론 맛도 맛이지만 그런 곳에서 먹는 맛은 특별히 꿀맛이었고
또한 그 시절은 먹고 돌아서면 금방 배가 고파지는 시절이었으

니 먹는 것도 최고 덕목의 하나였다.

비록 소원했던 인연의 꽃은 코빼기도 못 봤지만 지금도 기억 속에 깊이 간직하고 있는 것을 보니, 호주머니 달랑거렸던 그 시절이 그렇게도 좋았었나 보다.

벙개

집 떠나면 서럽고 외롭다는데 내내 외로우면 병이 될까 염려되니 가끔은 시간 틈바구니에 벙개 하나씩 끼워 넣어서 꼬맹동무들과 재미있게 놀다가 한 이삼 일은 지리산 둘레길에 살고 있는 외로움을 만나러 길을 떠나려 한다. 한국 방문길에서의 일정이다.

보통 사람들은 벙개를 맞으면 정신없이 천당을 넘나들 텐데 서너 시간 동안 벙개를 맞고도 끄덕 없는 선남선녀들이 있었으니, 그 사연을 밤사이 내리는 눈꽃인 양 살며시 이 책갈피 사이에 내려놓는다.

한양에 도착하여 가을 다람쥐처럼 분주한 어느 날, 무선 타고 날아온 햇님의 벙개 제의 낭보에 눈이 번쩍 떠지고 손가락 굽었다 폈다 아날로그 계산을 하고 보니 길일이 시월의 27일이라 그날로 벙개 예약.

뒤이어 여의도 사내와 인천 사내가 확인 전화 띠리링, 도교수는 시간이 여의치 못해 벙개를 맞을 수가 없다고 서운함을 알려와 다음이 언제인지 기약없는 다음으로 기약하고….

씌워진 감투가 없으니 공무적으로 연락은 못하고, 벙개 치는 자리라서, 위험하고 쑥스러워 생략하고, 조직의 군기반장 김반장에게는 연락부실 죄목으로 매를 벌어 놓았지만 떠돌이 유랑자의 자유로운 영혼을 토닥여 주는 옛 정들이 있어 알음알음 벙개 소식은 소문을 탔나 보다.

시간은 그렇게 흘러 그날이 돌아오고 당일 여수에서의 일정을 마무리하고 보니 정오. 아무래도 약속시간에 늦을 것 같아 햇님께 콜, 양해를 구하고 부지런히 달려달려 서울로 향했지만 약속시간은 지나가고….

미안한 마음 안고 압구정에 도착하니 어둠은 이미 드리워져 있었다.

어둠에 익숙한 동반자 바우 님의 눈짐작이 한 치의 망설임도 없이 화사랑을 찾아낸다.

그리곤 혼잣말로 중얼거린다.

지가 가면 어디가, 여기가 거기지.
내 눈은 못 속인다구, 꽁알꽁알….

영특한 사내, 선구자적인 기질이 다분한 신비로운 사내인데 말미에 두 마디는 부정 타지 말라는 부적인 양 입에 달고 다닌다.

남이 듣기에는 오히려 부정의 단초인 것 같은데 그러거나 말거나.

그러고 보니 내 소꿉들이랑 예전에 한번 들렀던 눈에 익은 그곳인데 그 사내는 자신에게 선견지명이 있는 듯 의기양양의 호기를 부린다.

실내는 어두침침, 시끌벅적한 웃음소리가 여기저기에서 들려오고, 그 안에 어릴 적 꿈과 희망과 시간을 함께 이고 온 귀인들이 모여 우리들의 이야기를 만들어가고 있다.

세월 따라 몸 따라 흐르는 것이 생각인가.

시간 마차를 타고 잡다한 번뇌의 강을 건너고 보니 언제부터인가 우리들은 남여가 아니고 친구가 되어있음을….

아, 그러고 보니 不惑의 산등성이 넘은 지 오래, 知明도 막바지이구나.

자연스런 현상인데 이것을 깨닫는데 오랜 길을 걸어왔구나. 그래도 아마 다음에 만나도 그 설렘은 여전하리라.

아름다운 마음들을 만나는데 왜 아니겠는가.

아참, 그곳에 소꿉들을 만나러 갔었지.

그럼 만나야지. 시간이 좀 지난지라 이미 맛깔스런 동동주 한 순배씩을 들고 있는 님들이 눈에 들어온다. 햇님, 수기님, 오기님, 꽝님, 서비님, 酒님, 뽕님. 내 임의대로 존함을 붙였으니 대충 억울하여도 하소연할 곳이 없으리.

오랜만에 만나 방가 방가….

반가운 마음에 백년주를 서너 순배씩을 돌리고 마시니 마음은 소망을 이룬 청순한 양이 되어 옛날로 돌아간다.

안암동 호랑이 酒님이 그 틈을 노려 발톱을 감추며 양들의 혼란을 부추긴다.

이른바 가위바위보를 해서 지는 사람은 한 순배 + 숟가락 뒤집어 돈도 먹는 '듣보잡 게임'을 하잔다.

잘만 못 뒤집으면 술도 벌고 돈도 번다.

내 평생, 숟가락 뒤집어서 돈 버는 분은 처음 본다.

누구일까, 그분이 누구일까?

꽝님의 얼굴에 희색이 만연하다.

가위바위보에 지는 것에 통달한 것인지, 하늘의 계시를 받은 것인지 이름대로 하면 '꽝'을 잡아야 하는데 몇 번인가 당첨을 연거푸 하셔서 거두고, 수북이 쌓인 배추 다발에 진한 웃음을 뿌리더니만 다시 주위에 환원시키니 나눔의 기쁨을 알고 있는 진정한 매너맨, 자선사업가 기질이 다분한 복 있는 님이다.

이렇듯이,

정겨움을 내려놓았던 그 밤은 깊어가고 만남이 있으면 떠남도 있기에 훗날을 기약하며 맛스러운 벙개를 소담스럽게 마무리지었다.

酒님이 누구인가.

그 분야에 대가이신 님을 만났으니 이대론 헤어질 수 없다. 빠이빠이 직전, 의기투합하여 뽕님과 酒님을 모시고 마포로 2차행, 주거니 받거니 3인의 알딸딸은 이어지고 술 한 잔에 쏭 한곡에 마포종점 7080무대는 익어가고 아들딸 세대에 못지않은 우리들의 푸르름도 익어가고, 진짜 벙개 맞은 것처럼, 꺼억 꺼억 뱅뱅….

맞아, 돌고 돌아가니 벙개를 맞은 거야.

황홀한 벙개의 로맨스가 집시에게는 신비로운 영약인가 보다. 오늘도 그 약을 되새기며 昭望을 품으리라.

함께한 님들, 함께한 귀한 시간에 고마움을 내려놓는다. 오고 있는 새로운 날들이 소꿉들에게 만사형통의 소망이 함께하기를 求해본다.

환갑은 뭔 환갑, 애들이구만

꼬옥 껴안고 싶도록 맑고 고운 가을 햇살이 코스모스의 꽃잎에 살며시 내려앉아 그들만의 밀어를 주고받고 있다.

들녘엔 황금빛 낱알이 영글영글 무르익고 농가집 담 너머엔 진노랑 감들이 가지에 걸터앉아 시월을 노래하는 어느 멋진 날.

육십갑자를 휘~이 한 바퀴 돌아온 선남선녀들이 반가움 한 아름, 그리움 한 움큼, 이야기꽃 한 다발씩 안고 꼬구랑 길을 돌고 돌아 춘천의 두메산골 팔미 농원으로 삼삼오오 모여들고 있다.

만나는 그 얼굴들엔 뽀오얀 홍조에 웃음 가득 안고 내미는 두 손에는 어릴 적 추억이 들려있어 숨겨진 동심을 데려오고 해맑은 눈가엔 그때 그 모습이 담겨져 있어 반가움을 더해주고 있다.

아, 저기 세상에서 오직 하나뿐인 면면이 귀한 얼굴들이 보인다.

팔미농원 변여사와 친분을 맺고 있어 그날의 자리를 주선해

준 우니화백이 있고 멀리 동백섬 근처 갈매기 노니는 곳에서 한달음에 달려온 워니 부부, 맹기리, 냄수, 궂은일 마다않고 솔선의 미를 실천하는 훈이, 꼬삼 학기 첫날 무슨 사연이 있었길래 결석하여 급우들의 장난기에 기호 1번의 영예를 안은 우리의 영원한 1번 영일, 40년 하고도 몇 년이 더 지나서 만난 저미 내외와 그보다 더 오랜 시간 아니, 기억조차 아득한 된장인지 고추장인지의 성이, 그리고 처음으로 맞선을 본 멋진 영시기 부부, 자세히 딜다보니 한 울타리의 동질감이 살아있어 서먹함은 어둠에 묻히고 초록은 동색으로 물들어 금세 친근감으로 다가온다.

응큼스럽게도 어린 시절부터 연민의 정을 품어왔기에 하늘이 참다못해 짝꿍으로 점지를 내려준 화니 부부, 언제나 포근한 상이 은이 콤비, 직전 회장으로서 수고로움을 아끼지 않은 뽀야, 고국 나들이 때면 항상 손과 발이 되어준 고마운 빠우.

그리고 희귀한 기록물을 보관하여 추억물을 공개하고 사진사의 직분에 분주한 착하디착한 꽝이, 교련복의 대대장 현이는 정중한 인사를 하라고 밉지 않는 눈을 흘기며 압력을 행사하고, 만년의 신사 홍이는 장로님다운 미소로 두 손을 내민다.

선한 양 같아서 험준한 지리산 자락 어디에 풀어놓아도 해 떨어지기 전에 집에 와 있을 나의 오랜 친구 종보기도 왔구나.

문씨 문중의 실력을 발휘해도 가능성이 전혀 없지만 그래도 혹여 사이비 교주가 된다면 천부당만부당의 직책으로 적극 영입하고픈 다소곳하고 아름다운 사람들 수기, 자야, 서비, 워니, 희야, 혜야, 오기, 또 수기. 다른 일정상 참석치 못한 다른 서비는 영 섭섭했다는 전언이 있었고 올해 정년을 맞은 김반장은 비상대기 상황인지라 불참했는데 마지막까지 나라 위해 불태우는 애국심이 갸륵하다.

이분은 올해로 민중의 지팡이를 놓게 된다니 우조 근조훈장을 받았으면 좋겠는데 1박 2일에 결근했기에 우조는 뺀 근조훈장만 추서될 것 같고, 공표한 대로 원사미, 빙서비는 올 것이라 점괘가 나왔는데 못 와서 아쉬웠구나.

이렇게 그 이름들을 다시 기억한다는 것이 밤하늘 올려다보

며 별 하나 별 둘…. 별을 헤는 꿈 많은 아이의 청순함을 보듬
는 행운을 얻은 것 같기도 하다.

그날 밤.

아늑한 산허리에 어둠이 내리고 우리의 소꿉들도 옹기종기
모여앉아 육해공을 누비던 오리 고기를 지글 지글 맛깔스럽게
구워내 이슬이와 장단을 맞추니 쓰디 쓴 맛은 이내 달콤한 속
삭임으로 다가오면서 속세의 번뇌를 벗어던지고 있다.

"지금부터 시작이다"라는 큼지막한 배너는 청춘을 보듬는 기
폭제가 되어 그때 그 시절로 되돌아가고, 식이 회장님의 환갑
잔치 선언에 이어 건배의 잔을 높이 들어 만수무강을 기원하고
보타이를 새색시처럼 곱게 여민 철이의 사회와 도교수의 자상
한 안내 설명과 합창 지도로 시월의 멋진 밤은 열리고 있다.

무엇이 그리 급해 먼저 가셨나…. 가신 동무님들을 추모하는
숙연한 시간도 가졌고 학창시절의 흔적을 다시 떠올리는 마지
막 반항기 남한산성의 행락도 살짝 끼워 넣은 슬라이드 상영이
한울타리의 추억을 되살려 친목함을 더해주고 있다.

이제부터 시작인데,
색소폰의 조기 교육을 받은 주시기는 구수한 우리가락을 양
볼이 터져라 신명나게 불어제끼고 웅이는 아코디언을 천진한
아이처럼 귀염스레 연주하고 해야는 라틴 아메리카의 소년인

양 신나게 봉고를 두드리고, 있는 듯 없는 듯 보슬비 같은 효성이는 키타를 두드리고 있다.

가곡의 대가 꾀꼬리같은 수니의 노래는 그 자리를 더욱 밝게 했으며 키타의 6인방 – 효녀– 지니와 고운 두 숙 – 두루두루 수고로움을 아끼지 않는 정열의 사십 대 같은 혜와 성의 키타 합주는 이십 대 때의 들로 산으로 싸돌아다니던 추억을 불러오게 하기도 했다.

자세히 딜다보면 모두가 한 가닥씩 하는 재주꾼들인데 함께 어우러지니 그 앙상블이 더없이 귀한 하모니로 새록새록 기억 속에 머문다.

그 밤의 향연은 그렇게 무르익고 어두운 밤 산자락에 울려 퍼지는 여흥과 노래자랑으로 농원 근처에 터를 잡고 사는 풀벌레들도 신바람이 나 잠 못 이루는 시간이 이어지고 산골의 밤은 깊어져 휴식을 취할 시간인데도 이대로 잠들기는 아까워 그림치기에 나서 새벽 4시까지 팔 운동. 그림공부 열심히 한 두어 명은 갑부가 되었으리라.

다음 날,

잠은 언제 잤는지 날밤을 먹었는데도 아침이 되니 싱싱한 알밤이 되어 새로운 날을 활기차게 맞는다.

김유정 역으로도 이름 붙여진 29세 젊은 나이에 요절하신 문학가 김유정의 기념관을 방문하여 그분의 유품들과 유작, 그리고 백여 년 전 선조들의 생활상을 재현한 동네를 한 바퀴 휘이 둘러보기도 했다.

부럽네요….

나처럼 역마살이 들어 물 건너에 살고 있는 어느 후배에게 자랑삼아 건넨 말- "시월 모일에 우리 친구들 왕창 만나 합동 환갑잔치 했단다."

본인 얘기로는 초등시절 한 가닥 했다는 이 녀석, 비장한 자포자기 심정으로 부러움을 건넨다.

"우~씨, 저에게도 철부지 애벌레 친구들이 수두룩하게 있었는데 흐멀흐멀 멀어지더니 이젠 연락도 안 돼요. 그렇게 모여 합동잔치까지 할 수 있다니 디지게 부럽네요."

"아암 그럴 거다. 우리는 어린 시절에 로얄젤리 같은 끈끈한 은혜를 한동네에서 고루 나눠 먹고 자란 열매들인지라 이합집산의 쌩퉁이들과는 차원이 다른 맴버들이란다."

부러울 만하지.

세상에, 한동네에서 살았던 인연을 계기로 초딩 중딩 고딩으로 뭉쳐진 스스럼없는 이런 모임이 우리 말고 어디 또 있을까.

이제부터 시작이다.

육십갑자를 한 바퀴 돌아 시작점에 왔으니 그냥 그 시절 그 아이들로 다시 태어나 고운 시절을 다시 함께하세나….

소꿉들의 나들이

페달을 밟는다.

길가 풀섶에 머물러 있던 바람이 나를 맞는다.

살랑 살랑 불어오는 향긋한 길바람이다.

산허리를 빙 돌아 나온 바람과도 마주친다.

남실 남실 불어오는 시원한 산바람이다.

소풍가는 아이 되어 그 바람을 맞으니 둥실 둥실 꿈바람으로 안겨온다.

오월 초의 바람이라 맵지도 짜지도 않은 딱 고만한 고마운 바람이다.

걸을 땐 주섬주섬 만났던 바람이 자전거를 타고 만나니 밀물처럼 몰려온다.

참으로 발랄한 청춘 같은 파란 바람이다.

한국 방문 중에 있었던 일이다.

어느 5월 5일 어린이 날, 장성한 자식을 둔 어린이 3명이 휴일인 이날을 맞아 이른바 바이크 투어길에 나섰다. 이 어린이 3명, 어린 시절을 같은 동네, 같은 학교, 같은 학급에서 아옹다옹 함께 보낸 환갑을 넘긴 소꿉친구들이다.

환갑이라면 오래다 못해 먼지 끼고 녹슬고 고장 난 나이 같지만 전혀 아니다.

머리가 좀 하얄 뿐, 카락이 좀 없을 뿐, 주름이 좀 있을 뿐, 연륜이 좀 붙었을 뿐, 숫자에 불과한 육십갑자가 다시 돌아왔을 뿐.

내가 알고 있는 우리 소꿉들은 어릴 적 보아온 그대로 그냥 아이들일 뿐이다.

그 아이들이 꺄르르 웃는다.

작고 앙증맞은 안개꽃 같기도 하고 소박하고 부담 없는 호박꽃 같은 웃음들이다.

소꿉이들끼리만 가질 수 있는 특별 공유품이다.

경기도 도심역에서 시작된 이 소꿉쟁이들의 앞서거니 뒤서거니 두 바퀴의 행렬이 양수리 다리 건너까지 이어지고, 이대로 작심하고 내달리면 부산까지 이어진다니 그야말로 삼천리 자전거 길이다.

예전에 홍수 지면 말썽 많던 한강변이 이리도 아름다운 꽃길로 변해있다니….

한강 상류 – 강변의 아름다운 물길을 따라 새로운 길을 다져 편리한 생활권을 만들었고 옛날의 꼬부랑길들을 정리하여 알콩달콩 자전거 전용도로와 산책길로 정리해 놓았다. 옛날의 그 산하가 신천지가 되어있으니 격세지감을 노래할 만하다.

그러고 보니 오가는 얼굴들이 이 길을 닮아있다.

가족과 함께하는 이의 얼굴에는 편안함이 담겨있고, 손에 손잡고 도란도란 걷는 연인들의 얼굴에는 활력이 넘치는 꿈길이 그려져 있고, 친구와 함께하는 얼굴에는 마음이 넓어지는 호연의 길을 담고 있다.

지금은 모든 것이 넘쳐나는 풍요의 시대이지만 내 어릴 적만 해도 소형 포니승용차도 귀했던 젊은 날, 우리는 조그만 승용차 대신에 덩치 큰 대중교통을 이용했었다.

주말이면 교외선을 타고 강촌으로 송추로 치악산으로 운길산으로 주말여행을 다녔던 기억이 새로운데… 아, 저기 팔당댐이 보인다. 그리곤 눈에 익은 몇 군데의 나지막한 풍경들이 반가이 맞이한다.

오래전 저기에 묻어두었던 깨알 같은 소망들과 그때 허파에 들었던 헛바람도 빼꼼히 고개를 내민다. 빼꼼히 나온 그 녀석들을 추슬러 소꿉이들에게 풀어놓으니 날개라도 달린 듯 여기저기 옮겨 다니며 저마다 그 옛날의 이야기꽃들을 피워내고 있다. 돌이킬 수 있는 옛 맛이 이런 맛인가?

지나온 날 그곳에 뿌려두었던 기억들이 이젠 푸욱 숙성된 추억이 되어 진한 엑기스 같은 담백하고 달콤하고 씁쓸하고 오묘한 맛으로 다가오고 있다.

"나이는 아픔을 발효시키고 지혜를 숙성시킨다."는데 숙성된 것이 지혜라면 얼마나 좋을까, 세월만 발효시켰지 지혜는 요원하다.

언제쯤 철이 들려나….

하긴 철이 안 드는 것이 좋을지도 모른다.

성인의 반열에 서는 것은 그리 썩 유쾌한 일은 아닐 것이다. 지극히 개인적인 얘기이나 거기에는 어리숙하고 만만한 삼식이들이 없을 것 같고 하루 종일 묵상만 하고 있을 것 같은 건조한 느낌이다.

아직은 내려놓지 못한 원초적인 본능이 잠재해 있기에 꿈을 불러올 수 있고 모자람이라는 공간이 있기에 삶의 활력을 불러올 수 있을 것이다.

*＊＊

내 어릴 적 예전에 없던 꽃동네 새 동네가 길 따라 들어서 있고 옹기종기 모여있는 서로 다른 꽃들이 하모니를 이루어 향기를 주고받고 있다.

이제 새로운 세대가 오고 있으니 그 나름의 크고 작은 또 다른 기억거리를 만들어내고 있음이다.

달린다. 오랜만에 날쌘돌이 되어 쌩쌩 달린다.

내 힘으로 달리니 재미가 배가된다.

야외운동의 참맛이다. 주변경관을 보고 달리니 지루하지 않고 이 바람 저 바람 꽃바람까지 맞으니 신바람이 절로 난다.

상큼한 해피가 팔짱을 끼고 있으니 세상 근심걱정은 들어올 틈이 없다. 활력의 에너지로 비축되고 있다는 신호일 것이다.

그동안 무심히 지나쳤던 들꽃들이 품에 안긴다. 그 길에는 건강이가 덤으로 따라온다.

소꿉이와 함께하니 아이처럼 해맑아진다.

그래, 소꿉동무들과 함께 있으니 젊어지고 있나 보다. 이대로 가면 백 세 넘어 천수고개도 아리랑 둘레길 가듯 휘파람 불며 갈 것 같다.

***

노을 진 양수리 길섶, 술 익은 주막 안에 멋진 나들이를 마친 3인의 건각들이 이마에 맺힌 땀을 추스르며 탁배기 한 잔씩을 기울이고 있다.

그 사발 안에 사는 맛이 도란도란 피어나고 또 다른 발그스레한 열매가 소꿉 추억으로 열리고 있다.

붉은 노을에 물든 저 해도 오늘은 페달을 밟으며 뉘엿뉘엿 운길산 산고개를 넘어가고 있다.

저 해도 산 너머에 두고 온 소꿉이들을 만나러 나들이 가는지도 모른다.

한 해가 시작되는 날

친구야, 싼타님이 왔다 간 지도 며칠이 지났구만.

꼬맹이 시절 그리도 좋았던 크리스마스.

그 님을 만나겠다고 졸리운 눈 비벼대며

늦은 밤까지 기다리다 기다리다

참다못해 스르르 잠이 들고

다음 날 아침이면 못내 아쉬워

꼭 만나야 했는데 왜 깨우지 않았느냐고

할머니께 징징거리기도 하고

굴뚝은 고사하고 콧구멍만 한 하꼬방인데

왜 하필 시껌댕이 아궁이로 오느냐고

싼타는 참 이상한 사람이라고

불경스런 불평도 했지만

그래도 좋아서 신이 났던 시절.

그랬던 것 같구만.

그때 어느 소년에게 싼타가 두고 간 꿈

그게 꼭 집어 뭔지는 모르지만

어딘가에 꼬옥 있을 거 같은데

어디에 있는지 아직도 헤매고 있으니

미로를 떠도는 보헤미안의 안타까운 마음 되어

저문 한 해를 뒤돌아본다네.

그래, 새해가 왔으니 올해도 어김없이

뭔지 모를 그 무엇을 찾으러
또 길 떠나게 될거야.

해마다 새해에는
주술사처럼 꿈꾸어 왔던
일곱빛깔 무지개 열매의 기대는
머무름이 더할수록 안개 되어 허공에 뿌려지고
아쉽고 안타까운 날들은
만선의 고깃배들을 뒤쫓는 갈매기 날갯짓 되어
희뿌연 물보라 속에 묻혀지고
즐겁고 아름다운 날들은
장난감에 심취해 오래도록 놀고 싶은
고사리 손 되어
그렇게 머무르길 바라곤 했었지.

올 한 해도 삼백예순이 넘는 날들이
줄을 지어 우리를 기다리고 있다네.
그중엔 순풍도 있고 햇살도 있고
바람 불고 비 오는 열풍도 있고
춥고 눈보라치는 설한도 있음에
계획하고 준비하고 최선을 다해야겠지.

눈 쌓인 가지에 피어나는

매화가 얼마나 아름다운가

추위를 이겨내는 시련의 길도

아름답게 꽃 피우시게.

우리 인생길

그 길 따라 가다 보면 비둘기도 만나고

여우도 만난다네.

이렇듯, 이런저런 만남을 통해서

시련이 오고 단련이 오는데

그것은 살아있는 자들의 특권이기도 하겠지.

본디 시련과 단련은 한몸이라

'도'를 '모'로 바꿀 수 있는

기회를 주기도 한다는 구만

올 한 해에는 시련의 '도'가 오더라도

단련의 '모'로 뒤집으리라 보네.

글구

희망이와 소망이,

이 두 망들을 잘 보살피고 사랑해 주시게.

이 두 망들은 서로 돕고 의지하는

의좋은 형제지간.

절망이는 이름만 비슷한 짝퉁

아무 쓸모없는 망나니이니

이 넘은 근처에 얼씬도 못하게

팔매질하여 사람이 살지 않는
에베레스트 깊은 설산에 던져버리게.

글구 또,
극복이는 행복이랑
서로 죽고 못 사는 흠모하는 사이이니
애지중지 대접하여 한시도 내려놓지 말고
쉬지 말고 뽀뽀하여 품 안에 꼭 안으시게.
그리하면 눈물어린 시련의 발자욱도
화사하게 피어나
더없이 아름다운 꽃이 될 거네.

뒤돌아보니 세상은
내 맘에 꼭 맞는 맞춤복이 아닌 기성복 같은 것
거기에 희망이와 소망이가 숨어있다가
극복이를 만나면 환생을 한다더군.

우리 부디 희망이와 소망이
극복이와 행복이 껴안고 살아가세.
한 해가 저무는 날은 새로운 망이 형제와
복이 부부가 가까이 와있기에
길고 긴 어둠 속에서
막 깨어난 나비처럼 새롭고 신비롭다네.

친구야

자, 이제 힘차게 출발할 시간이 오는구만

신비의 닻을 높이 높이 올리고 떠나세.

가슴 벅찬 새해의 대 해를 향하여….

한 해가 시작되는 날,

싼타가 두고 간 꿈 찾아

길 떠나는 우리들의 행보에

하늘의 가호와 큰 축복이

함께하시기를 기원한다네.

福 많이 받으시게….

가족 단상 - 축복

축복.

 평소엔 나 몰라라 했던 일기장을 펼치고 이 글을 기록하고 있다. 오늘이 2019년 8월 말일, 세상에서 가장 경이로운 소식을 들은 날 중의 하나다.

 딸아이와 사위를 집으로 초대하여 저녁식사를 함께하기로 하고 식탁에 둘러앉아 여름철의 별미, 꽃게찜을 막 스타트 업 하려는 순간 딸아이가 작은 포장의 꾸러미 하나를 엄마에게 건넨다.

 엄마는 정성스럽게 포장된 포장지를 오픈하라며 나에게 건네고 포장지를 개봉하다 말고 곰곰, 오늘이 특별한 날도 아닌데 웬 선물일까?

 엊그제 둘이서 북쪽 나들이 다녀온 선물일 거야, 대수롭지 않게 포장지를 오픈하니 작고 앙증맞은 한영 동화책 하나, 넘겨진 첫 페이지에 모월 모일 2020이라는 날짜가 눈에 띄는데 눈썰미가 둔한 애비는 그게 무슨 뜻인지도 모르고 책장을 계속 넘기고 있다. 그때 딸아이가 엄마에게 그 날짜를 주지시키며 무언의 암시를 눈빛으로 주고받는다.

엄마와 딸아이의 암묵적인 소통, 늘상 있는 일이지만 이번엔 예상치 못한 이벤트인지라 모녀의 싸인이 일맥상통하는 데는 평시보다 약간 더딘 걸음, 십여 초나 지났을까, 순간 엄마는 펄쩍펄쩍 뛰며 타이거 우즈가 우승을 거머쥐었을 때의 환호보다 더 강렬한 천상의 환호를 울리고 있다.

눈물까지 글썽거린다.

무슨 일일까? 직감적으로 좋은 일일 것이라 예감이 왔지만 그때까지도 깜깜미에 머물러 있던 애비의 눈치는 부지런히 전후사정을 계산하고서야 감을 잡을 수 있었다. 그래, 바로 그거야!

Yes, yes, ye~es!!!

덩달아 감정이 북돋아 올라 축복의 환호에 동승.

사나이 눈물은 일생에 3번 흘린다는데

그 하나는 태어날 때요, 둘과 셋은 부모님이 먼 길 떠나실 때라는데 나는 거기에 한 번 더해서 그날 아무도 모르게 one over하고 말았다.

아직 통성명도 아니한 손자가 안겨준 사랑의 첫 징표였다.

이러한 상황을 직계가족이 모르면 안 된다 하여 멀리에 살고 있는 아들에게 call, 머잖아 외삼촌으로 진급할거라 통보하니 온갖 축복이 내려와 밤하늘 은하수처럼 반짝반짝 빛나고 있었다.

새 생명의 잉태, 얼마나 신비로운가!
얼마나 기다렸던 소식인가!

시집장가 보내면 그 다음 해에는 옥동자나 공주님이 하나쯤은 생기는 것이 정설인데, 아니 우리 친구 누구는 쌍둥이도 척척 안기던데, 칠 년이 지나도록 소식이 없기에 걱정도 되고 암묵적인 신호로 뇌물언약도 불사했는데, 이젠 7년 묵은 걱정의 체중도 내려갔으니 신통하고 고마울 뿐이다. 물론 뇌물 언약은 할매 & 할배의 무한한 축복과 함께 엮어 건넬 것이다.

여태껏 미루다가 이제 엄마가 되는 딸아이가 대견스럽고 무녀독남 외아들인 파란 눈 사위네 시댁에도 크나큰 낭보가 아닐 수 없다. 한 동네에서 살고 있는 그분들과는 연중 대여섯 차례 식사모임을 하는데 그때마다 우리는 손자얘기를 하며 딸아이에게 은연중에 모두의 wishes가 전달되도록 암시를 내려놓기도 했었다.
사돈댁이라고 특별한 격식을 차리며 존대를 하는 그런 사이가 아니라 이웃집처럼 서로 존칭 없이 이름을 부르는 친구 같은 사이, 한국 정서로 보면 양반은 못 되는데 이곳에서는 양반도 격의 없이 이름을 부른다. 처음에 'sir'나 'mr'의 호칭을 붙이기도 했으나 질색을 하며 그냥 이름을 불러달란다. 시간이 지나니 어렵고 껄끄러웠던 사돈의 이미지가 떨어져 나가고 부담 없고 자연스러운 인척이 되어있다.

우리처럼 손자 소식을 학수고대했던 사돈댁도 몇 년 전부터 아담한 방 하나를 비워두고 여기는 '손자 방' 잠시잠시 방문하더라도 재미있게 놀다 가라고 예쁘게 꾸미겠다 하셨다. 그만큼 기다리고 애착이 가셨던 모양이다.

머잖아 그 시기가 올 것이다. 후일담이지만 그쪽에도 이 소식이 전해지자 기쁨과 눈물의 향연을 벌였다 한다. 이후 만사에 조심조심 각별한 관심과 정성이 쏟아지고 딸아이는 유리구두 신데렐라의 위치를 확보하고 있다.

흔히들 혈육의 사랑을 내리사랑이라 하는데 어느 선배님이 내리사랑 얘기를 하시며 손자가 그렇게 이쁘다고 하시길래,

"그렇게 얼마나 이뻐요?"

이 선배님 화색이 만연하여 두 팔을 활짝 벌리시고 어린 아이처럼 온몸을 부들부들 떠시며,

"하늘만큼 땅만큼!" 하신다. 표현 불가란다.

임신 5개월의 Ultrasound 결과를 보고 온 날,
엄마를 통해서 궁금한 점을 살며시 물어본다.

뭐래? (머스마래? 가시나래?)

무선을 타고 흘러 온 딸아이의 대답, 저도 궁금하지만 알려고
하지 않을래요. 왜냐하면 아들이고 딸이고 귀한 선물이잖아요.
   지 신랑이 흰 가운을 입고 있지만, 사위는 아는지 모르는지
말이 없었고 미소만 흘렸단다.
   그래 네 말이 맞다. 하늘이 주신 귀한 선물, 주시는 대로 고
맙게 받아야지…. 그래도 궁금증이 고개를 내민다. 뭘까?

더불어 middle name으로 쓰일 한국 이름을 지어 달랜다.
   할배인 삼식이보다 좋은 이름, 오식이?
   아님 순 한국식 토종이름으로―
   남아라면 복댕이? 돌쇠?
   여아라면 순덕이? 간난이? 언년이?
   조선 고종 임금의 아명이 '개똥이'였다는데, 조선시대 유명한
정치가 황희 정승의 아명이 '돼지'였다는데….
   개똥이? 아무리 임금님의 아명이라도 ×.
   돼지? 에이 요즘에 누가.

온갖 좋고 귀한 것들로 작명해야지, 후손들에 대한 운명이 마치 이름에 달려있는 듯 즐거운 고민이 시작된다.

이 행복한 고민은 좀 더 두고 결정해야겠다.

머잖아 태어날 축복의 생명.

친가집 캐롤과 스킵.

외갓집 쑤와 샘.

그리고 우리들의 후손을 위해 big blessing을 내려놓는다.

Love, Grandfather

Blessing!

Ordinarily I don't recognize diary daily but this time, open it and record these words that I heard the wonderful and amazing news which can be counted as one of the most phenomenal day of my life.

I started to write this, today is the last day of August, as so 31st of Aug. 2019.

My wife and I invited my daughter, Jane and her husband, Sam over for dinner.

We sat around the dinner table which was filled with steamed crabs that delicacy of the seasonal food.

Then my daughter handed a small gift wrapped package to her mom right before starting to enjoy crabs.

Then, my wife handed the package over to me to open it up. I was opening it and stopped, I had this thought in my mind "what special day is today to receive a gift from Jane?"
Then expected "May be this gift is a souvenir from where they traveled north side few days ago."

As I unwrapped it simply and I found a tiny adorable size Korean English infant fairy book with pictures.

I was flipping the first page, found small post it paper written on a certain date 2020. But I was keep flipping without noticing the DATE.

Then my daughter was implicating something to her mom as she pointed out the date.

I felt there was an unusual elapsed time between mom and daughter as they clearly understand one second each other in silence usual time.

After about ten seconds passed, mom suddenly began to jump up and down.

She was cheering powerfully as if she is in top impressed which was louder than the crowd cheers like after Tiger Woods won a golf tournament.

Then she had teary eyes.

I wondered, "What just happened?"

I sensed that a good thing happened to my daughter, a father who isn't sensitive, finally realized what had just happened to her. I was telling myself.

That's it!

Yes, yes, ye~es!!!

My emotions exploded from the bottom of my heart as I tied on the blessing of cheers.

There is an expression of a man only cries three times only for whole life that I used hear in Korea.

First when he was born, second and third when his parents passed away.

I went one over without letting anyone know. That is the first sign of receiving the embracing love of my first grandchild whom I have not shared yet my name with.

I called my son who lives far away from me under the thought that all of my immediate family should know the news. The atmosphere of my family was filled with all kinds of blessings like seeing the sparkling Milky Way in the night sky.

How amazing of bearing witness to a new life conceived.

A piece of news that we wait for earnestly.

Giving birth to a baby after a couple have been married for a year is an expected news, yet I had a concern of not hearing any news from my daughter, she has been married for seven years.

Even though one of my friend has twins of grandchildren right after one year.

I even bribed my daughter with gifts, yet no news from her. However, I am grateful and proud of her when I heard the news that she was pregnant and that made my congestion go down. Of course, bribing will continue to pass down to my grandchild with the big blessing of grandma and grandpa.

I am proud of my daughter who will soon become a mother. Also, I believe it will be good news for the parents of my son-in-law, whose only child has blue eyes.

We gathered five or six times a year with the parents of my son-in-law and we mentioned of our wishes, hinting my daughter and her husband.

The relationship between the parents of my son-in-law and us is similar to a close neighbor's relationship instead of a formal relationship. The relationship is like friends calling each other names without calling their names with formalities. It may go against the principles among many Korea nobleman.

I tried to call my in-law with Sir or Mr, but he refused to be called formally and he preferred me to call him by his name.

The connection between our in-laws and we got closer and have no tension. The image of an unfriendly and prickly in-law went away as we spent more time together comfortable as we are families.

I believe the in-law also has a passion and they were looking forward to having a grandchild just as much as we do by making and decorating one of their rooms for their future grandchild to take a rest or to play in. While my daughter and their son visit their home.

The time will come in the near future. According to the postscript, they also cheered and were joyful with tears as they heard the news. My daughter is in the Cinderella's place as all attention aimed at her, many warnings given were to tell her to take care of herself and her baby.

Usually, people express that the love of flesh is an inheritance. One of the older alumni said this to me, "I can not express how lovely my grandchild is to me." so I asked him, "Do you love your grandchild how much?"

His face turned to brightens up as he described his love toward his grandchild, "As much as heaven high and Earth wide." "No way to express, love him is more than I can say!"

My daughter called her mom and told her that she had her fifth-month check-up and her ultrasound had been done. So mom asked her, "Is your child a boy or girl?"

My daughter's response was, "I am also curious about the gender of my child, yet I refuse to find out. That's because my child is a great gift from God to us whether a boy or a girl." Even my son-in-law wears a white gown, I do not know whether he knows the gender of child yet, he only grins.

I agreed with my daughter's word.

That is right, my grandchild is a precious gift from God no matter the gender.

We should be grateful for receiving the child. However, the curiosity raised still on my head. "Is my grandchild, boy? or a girl?"

Also, I was asked to pick a Korean name to christen a middle name for the grandchild. A name who should be greater than Sam definitely... What is it?

(The translation, down follow should leave english out because the contents must be complicate without understand Korean history)

Reference

The reason I have written this in english is to help to understand for my kids Edwin and Jane they were borne in America, Samuel who is my son-in-law and it is especially our in-laws Carol and Skip, all of my family members gather together celebrate of our new generation that I would like to share the love and worth of priceless relationship.

Love, Sue and Sam

4장

시

이순

뜨거운 정열
뒤안길에 묻어두고
깊은 샘물의 잔잔함에 젖는다

흔들리며 출렁이며
살아온 길을
등 너머 저 허리쯤에 내려놓고
선하디 선한 봄바람 같은 미소를
이 세월에 담고 싶다

담벼락에 서서
하루를 여는
나팔꽃 같은 청순함으로
욕심 없는 꿈으로
다시 피어나고 싶다

하이얀 눈꽃
내려앉은 머리결에
그윽한 매화향 담고

잔설에도 웃음 짓는

세월의 망울 되어

순백의 혼을 담은

아가의 꽃으로 다시 피어나고 싶다

태양

그님이 오고 있다
저 지평선 땅속에서
흙 하나 묻히지 않고

저 수평선 물속에서
물 하나 묻히지 않고
그님이 오고 있다

그리도 먼 길
쉬임 없이 오심에도
얼굴엔 환한 홍조를 담고
소리 없는 발길로
그님이 오고 있다

님의 피어오르는 미소로
세상은 열리고
열려진 세상 사이로
생명은 오고 간다

님의 어루만지는
햇살 마디마디에
고귀한 생명이 잉태되고

님의 숭고한 마음으로
무지개 빛 삶들이
여름처럼 영글고 있다

그님이 가고 있다
저 산자락 지나면서
세상사에 눈물 한 방울
웃음 한 조각
미련 한 줌 남기면서
붉은 정 남겨두고

그님이 가고 있다

씨앗

조그만 그 톨 안 어디에다
어떻게 그 많은 전설을 쌓아두었을까
그 많은 삶의 여정을
어찌 그리 잘 알고 있을까

가까이 다가가 귀를 기울인다
두런두런 하얀 소리가
꿈을 꾸듯이 껍질을 타고 나온다
그들만의 여정을 준비하고 있다

가르쳐 주는 이 없어도
저 혼자서 싹 틔우며 세상을 맞는다
실낱같은 뿌리로 세상을 붙잡으며
조상의 전설을 따라 길을 간다

너 이제 세상에 나가
한 줌 흙을 움켜쥐고
고운 햇살을 만나고
험한 비바람도 맞으며

싹을 틔우고 꽃을 피우고
벌 나비도 만나 열매를 맺는
조상의 전설을 찾아 떠나겠지

삶의 수수께끼를 찾아
먼 길 떠나겠지
또 하나의 전설을 만들겠지

그리고
너를 닮은 영원으로 가는
또 하나의 비밀을 남겨두겠지

조그만 그 돌 안 어디에다…

나그네

구름 되어 흐르다
비가 되었구나

나그네 같은 비가
비 같은 나그네가
말없이 하나 되어
달빛 같은 순례자의 길을
가고 있다

부르는 이 없는
들풀 같은 행색이지만
가슴엔 꽃을 담고
발길엔 그리움 담아
향수를 부른다

세월 속에 담겨진
희뿌연 추억 안고
석양 속으로 발길을 내몬다
어둠은 깊어지고

바람 탄 갈잎은 우는데
외로움 하나
내곁에 머물며

긴긴밤을 동행하고 있다

작은 꽃

담자락 길섶에 피어 있는
이름 모를 작은 꽃
수없이 스쳐가도
무심으로 만났는데
외로운 발길에 눈이 마주쳤구나

마음으로 다가가니
별보다 아름답고
눈 들어 다시 보니
설렘으로 안겨온다

오늘도 내 발자욱 그 앞에 머무니
은은한 미소 지어 나를 반긴다

동그라미 꽃잎에 향기를 보내
감추어둔 비밀을 살포시 내어놓고
들릴 듯 말듯 작은 소리로
소망을 속삭이고
희망을 노래한다

사랑을 보낸다

하늘가에 피어난
이름 모를 꽃 한 송이

내 마음 담자락에 피어난
작은 꽃 한 송이

나

나 1

다 익기도 전에 꺼내어 본다
파아란 속살의 전설이 일렁인다

못다 한 꿈들이 잠들어 있고
아물지 않은 상처가 여기 저기 맺혀있다

때론 벗어던지고
알몸을 드러내지만
오는 물결이
또 다른 허물로 남겨진다

나를 알 것도 같은데
바람 오면 그 자리가 아닌
먼 곳으로 가 있다
나를 아는 것처럼 미소 짓지만
허공에 그려진 구름으로 남는다

아직 이르다
바람처럼 흩어질지
열매되어 또다시 일출을 볼지

퇴색된 낙엽으로 허물을 덮는다
그 안에 여전히
영원한 수수께끼가 묻혀있다

나는 누구인가…

나 2

너는 누구냐
빛인가, 어둠인가,
빛 속에도 네가 있고
어둠 속에도 네가 있다

생의 가을 앞에 서서
힘없이 떨어진
낙엽 같은 눈물을 보듬는다

빛도 아니고
어둠도 아닌
방랑하는 바람일레라
형체도 없이
향기도 없이
이 밤 지나면 스러질
밤안개일레라

모래 위에 남겨진
부서진 발자욱
말없이 버려진 지난 세월들
짙은 비바람이 너울지면
그 안에 그 세월들이 흘러나와
너울 너울 춤을 추다
흔적 없이 흩어지겠지

허상만 남은 나의 실체들…

연어 고향곡

여기가 어디쯤인가
문득 오늘을 벗어놓고
동자로 돌아가 고향땅을 그려본다
두고 온 고향이 쉬일 곳을 찾는
석양의 노을처럼
푸근한 마음으로 안겨온다

대양을 휘이휘이 떠돌다
오년의 꽃다운 성년이 되면
고향을 찾아가는 연어의 귀향길
그때 지녔던 노스탈지아의 진한 향이
그만의 소유가 아닌가 보다
대지에도 가끔은 불현듯이 찾아와
산 같은 그리움으로 내 가슴에 안긴다

돌이켜 보니
西岸의 언덕에서
구르며 뛰어다녔던 세월들이
어느덧 서른여덟 해

낯설고 말 설고 생활 설었던 때로부터
하이 파이브에 물들은 눈높이까지
메이플라워호 신대륙의 대서양 연안에서
존 웨인이 말 달리던 태평양 구석까지
하많은 기억들을 안겨주고 있지만
찾아간다 길 떠난다
옹달샘 샘물처럼
마음 깊은 곳에서
은은히 솟아나는 고향의 情 속으로

누가 뭐라 해도
배달의 혼백이기에
민족의 언덕을 향해 달음질하고
반도에 묻어둔
순이와 철수의 설레는 언약으로
고운 꿈을 꾸고 있다.

일찍이
인도의 시성 '타고르'가 예언했던
'동방의 등불'이 머지않은 날
'세계의 등불'로 밝혀지리라
그리고 가까운 날
그곳에 머물며 그 그늘에 동하여

촘촘히 영글은 석류알 같은
내일을 그리는 야무진 꿈을 꾸고 있다

소망 실은 열차 되어
멀리 멀리 百壽를 달리더라도
퇴색되지 않는
아름다운 소망꽃 피우기를
간절히 바라본다
연어가 그리는 고향곡이다

삶의 정이 샘솟듯 흐르는
영원한 나의 안식처!

아, 그리운 반도땅!

안개

너, 오더라도 소리 없이 오고
너, 가더라도 흔적 없이 가더라

세상이 잠들 수 있게
뽀오얀 적막을 드리우고
꿈 꽃을 피우려는 듯
하이얀 이부자리를 깔아놓았구나

너, 지금 피어오르는 고요한 시간
나를 감싸고 대지를 감싸 안아
신비로운 세상으로 길을 잡는다

싱그러움을 안고
부서진 알갱이들이 다시 모여
첫사랑 같은 설렘을 펼쳐놓고

늦밤부터 새벽까지
손에 손을 잡고 오손도손 놀다가
햇살이 또옥 똑 노크할 즈음

그 고운 햇살 손에 손잡고
들풀 속 향기로운 언덕으로
적막도 꿈꽃도 벗어던지고
이슬의 영혼인 양 소리 없이 가더라

아이야

예전엔 내가 너였던 아이야,
달 지나고 해 지나니
너의 맘을 잊었구나
이끼 낀 고목나무의 건망증인가 보다

볕드는 토방마루에 엉거주춤 홀로 서서
햇님과 도란도란 얘기하는 아이야,
네가 무슨 얘기했기에
햇님은 저리도 환한 빛으로 화답하고 있니

밤하늘에 주렁주렁 열린 별을 보며
고사리 손 내밀어 별빛 한 줌 움켜쥔 아이야,
그 별빛이 너의 선한 가슴에 안겨
은은한 정을 내려놓고 있구나

천둥 번개에 놀라 엄마품에 파고들어
울음을 터트리는 아이야,
그 천둥 번개에 들어있는 험악한 세파는
세상이 너에게 안겨주는

아픔 속에 들어있는 성장이니
마음 귀퉁이 어디쯤에 고이 간직해 두었다가
성장통 약으로 쓰려무나

노란 민들레 꽃잎에 앉아있는
나비 한 마리와 동무 되어 노는 아이야,
사흘배기 나비들이 평화를 가져다주거든
연분홍빛 너의 이마에 사랑을 흘리려무나

먼 하늘에서 네 마음에 내려놓은
천상의 물감을 간직하고 있는 아이야,
파란 하늘의 넓은 천에다
태초의 선함을 그리려무나

꿈을 꾸는 아이야,
두 팔 벌린 하늘에 영롱한 무지개 꿈
펼쳐놓은 아이야,
칠색 무지개 이슬 사이로 내리는
부드러운 축복을 왼손도 모르게 받아
내가 아닌 것처럼 뿌리려무나

이젠
네가 되고 싶은 아이야…

눈 내리는 날

하얀 눈송이 포근포근 내리는 날
품 안에 있는 꿈, 하나 둘 셋
빼꼼히 고개 내밀어 눈꽃 구경을 한다

하얗게 하얗게
하늘은 온통 꽃으로 넘실대고
벌판에는 하얀 캔버스를 펼쳐 놓았구나
어서, 붓을 들어 예쁜 꿈들을
수놓아야겠다

소나무, 탱자나무, 자작나무 숲에도
흰 꽃들이 피어나니
내 품에 안겼던 꿈들이 슬그머니
마실을 나간다
어린 시절의 꿈들을 만나러 간다

때 묻지 않은 하얀 세상
휘이 휘이 노닐다 오너라

흰 꽃들로 수놓은 태초의 세상
도란도란 얘기꽃을 피운다
아 저기, 나 하나 너 둘
아 저기, 너 하나 나 둘
추억이
너울너울 바람 타고 오고 있구나
추억 속의 동무들이
덩실덩실 춤을 추며 오고 있구나
동무들의 웃음소리가 꿈꽃이 되어
피어있구나

두 팔 벌려 너를 반기고
가슴으로 품는다
마실을 나갔던 꿈들이
꽃들을 달고 온다
한 송이는 지나온 꿈꽃
한 송이는 오고 있는 꿈꽃

여기저기 내리는 꿈꽃들이

품 안으로 들어온다

봄 소녀

봄 소녀 1

어디서 오는 걸까
이 설레임은

아무도 몰래
고운 꽃 한 송이
가슴속에 피어나네

수줍은 미소
소리 내어 말할 순 없지만
안개꽃 같은 소박함으로
고요히 다가오네

그리움을 따다가
창가에 걸어두고
미풍이 올 때마다 꺼내어 보네

색깔도 없고 향기도 없지만

천상의 색이고
진하디 진한 마음의 향이라네

티 없이 맑은 소녀의 마음엔
한 그루 예쁜 나무가 자라고 있다
가지가지에 도란도란 꽃들이 피어나고
꽃들 사이로 도령꽃 사랑이
그 안에 숨어있다

연민의 행복이 아롱아롱 열리고 있다
먼 산 넘어 피어있는 무지개 꿈 펼치며
한발 두발 소리 없이 영글어가고 있다
기다림을 여울여울 엮어서
내일을 향해 걸어둔다

봄 소녀 2

소녀들이 파란 나물을 캔다
파란 것은 꿈이기에
꿈을 캔다

따스한 햇살 비친다

햇살은 희망이기에
희망도 캔다

옹기종기 모여 웃음 짓는다
웃음은 행복이기에
행복도 캔다

살링 살랑 발사욱 내려놓는다
발자욱은 그리움이기에
그리움도 담는다

봄이 담긴
소녀들의 바구니엔
한 아름 바람 꿈들이
옹기종기 모여 앉아 노래를 한다

소녀는 두 손 모아 기도드린디
바구니에 담긴 소박한 꿈들을
한 아름 엮어서 하늘에 띄운다

들판의 꽃들이 소녀와 하나 되어
둥실 둥실 하늘로 꿈길을 잡는다

혼

아, 저기
반짝 반짝 수줍음 안고 있는
별 하나가 나에게 손짓한다

아가처럼 환한 웃음으로
나를 바라보고 있다

멀리 있는 듯
가까이 있고
가까이 있는 듯 내 안에 있다

내가 가는 곳에
함께 머물고
내가 머무는 곳에
불꽃 되어 피어있다

뿌려진 씨앗인 양
내 발자욱 기다리고
맺혀진 열매인 양

내 안에서 기다린다

구름 되어 있을 때
나를 위로하고
햇님 되어 있을 때
나를 인도한다

함께 영원을 노래하지만
어느 날 하얀 달빛 타고
피안의 언덕으로 넘어갈 때
나는 떠나가고

한 줌 흙이 될 때
내 곁을 맴돌다 맴돌다
멀고 먼 하늘로 길을 잡는다

나의 영혼, 니의 혼
그대 나로 그치는가
또 다른 나를 찾아가는가
형체 없는 바람으로
어딘가에 머무르는가

그대 내 안에 있어도

알 수 없는 오로라…

나도 알 수 없는 나의 영혼

나의 동반자.

어머님 영전에

어머니
이보다 더 고귀한 이름이 있을까!
이보다 더 아름다운 마음이 있을까!
이보다 더 숭고한 희생이 있을까!

민들레 꽃 곱게 피어
비 바람 태양빛
그 꽃 속에 담아내어
산처럼 흔들림 없이
물처럼 의연하게
한없는 사랑 베푸시다가
홀연히 떠나신 "엄마 엄마"

가시는 하늘길 막을 길이 없어
핏빛 같은 안녕을 영전에 드립니다
두고 가신 그 사랑 그 소망을
두 손 모아 가슴으로 품으렵니다

엄마 안녕
엄마 안녕…

가을

가을 1

곱게 키운 서너 살 딸아이의 싱그러운
웃음이 봄이라면
그 딸 시집보내 아이 한둘 달린 엄마로
친정에 왔을 때 웃음은 가을

봄의 웃음은 설레임이고
가을의 웃음은 거두어들인 열매

무언들 어우름 없이 이룸이 있을까
우리네 삶도 그러하고
산하에 물든 낙엽도
여기까지 오기엔
새소리 바람소리 뒤섞인
세월소리 요란한 어우름이다

이 가을이 참 좋다
세 세대가

세 철을 모아놓고
태고의 결실의 정을 느낄 수 있음에…

가을 2

단아한 주막집 툇마루에서
탁주 한 사발 시켜놓고
저 멀리 펼쳐진 황금바다 내음에
봄부터 예까지 달려온 농익은 세월소리에
고추잠자리 요염한 날갯짓이 데려온
단풍빛을 함께 엮어
이 가을을 마시고 싶다

석양길 나그네가
누우런 황금빛 정을 묻혀 온다면 좋겠고
우연히 만난 나그네가
내가 찾는 오래도록 묵혀둔
묵은지 같은 추억을 들고 온다면
더없이 좋겠다

긴긴 뙤약볕 멀어져 간 길가에
청아한 코스모스 무리 지어 반긴다

하늘이 높아지니 네가 웃고 있구나

주렁주렁 열린 네 웃음을 따다가
멀리 저 산 너머에서 오고 있는
서릿길에 살며시 내려놓고
한설이 올 때쯤 꺼내어
눈 속에 피어있는 매화 얼굴에
그 웃음을 송글송글
뿌려놓았으면 좋겠다

서리 내린 머릿결에 반쯤 채운 잔으로
같은 길 같은 정 가득 채워서
타고 남은 마지막 미련을
석양빛 노을에 타서
천천히 천천히 이 가을을 마시고 싶다

이 가을이 다 가기 전에
신비의 석양빛에 숨어있는
일곱 빛깔 무지개 꿈들을 만나보고 싶다

봄 여름 가을 겨울

여름이 겨울에게 묻는다
이 추운 날,
너는 왜 옷은 벗어제끼고
헐벗은 채 벌판에 서있느냐
그러는 당신을 참 이해할 수 없다

겨울이 여름에게 묻는다
이 더운 날 왜 푸른 옷을 덕지덕지 입고
힘겹게 서있느냐
그러는 당신을 도무지 모르겠다

가을이 봄에게 묻는다
우린 서로 비슷한 듯하지만
너는 정말 게으르구나
열매는 맺지 않고 그동안 무얼 했기에
이제 겨우 새싹을 내보내느냐
나는 네가 정말 맘에 안 드는구나

봄이 가을에게 묻는다

이제 일하기가 싫은 모양이구나
푸른 잎을 주었더니 누런 잎을 만들고
그것도 모자라 잎을 떨구는구나
너는 참 이상하구나

먼 곳 여행에서 돌아온 바람이
웃으며 전해준다

저기 피어있는 저 꽃이
저 혼자서 피어날 수 있을까
뿌리가 있고 줄기가 있고
잎이 있어야 해요, 그래서
여기 있는 꽃님도
이렇게 예쁘게 서있는 거예요

저 혼자서 피는 꽃은 어디에도 없어요
봄 여름 가을 겨울이 어우러져야
비로소 꽃도 오고 열매도 맺는답니다

나와 다르다고 나쁜 것이 아니에요
나와 다름은 크레용과 같아요
형형색색의 아름다운 그림을 그리잖아요
그 색들이 어우러져 신비한 창조를 불러와요

연두색만 있다면
파랑만 있다면
노랑만 있다면
하양만 있다면
너무 단조로워 뭐가 뭔지 모를 거예요

봄 여름 가을 겨울
서로 다르지만 저마다의 역할에 충실하고
아름다운 조화를 이루었을 때
비로소 풍족한 한 해가 채워진답니다

사계절이 있는 아름다운 조화는
우리네 삶과 같은 거예요
여름과 겨울이 다르듯이
봄과 가을이 다르듯이
제각기 자기 역할이 있어요
그러니 탓하지 마세요

농부는 농사짓고
공장에선 물건 만들고
상인은 배급하고
선생님은 가르치고
학생은 배워야 해요.

이것은 서로 다르지만

자기가 해야 할 역할이지요

신비한 조화의 창조

우리 모두 한 하늘을 이고 있는

한 가족이 된 이유예요

친구야

추억은 가을인가 보다
세월처럼 떨어진 낙엽은
대지 위에 뒹굴다 자양분이 되고
낙엽처럼 떨어진 세월은
마음에 뒹굴다 추억으로 머문다

그 뒹구는 추억들을 추스르니
빼꼼히 고개 들고 네가 나온다
그래서 너를 두고 추억이라 하련다
하늘 아랜 수없이 많은 일들이 오고 가지만
지난 후엔 썰물 되어 아무 일 없는 것처럼
덮혀져 그렇게 지나간다

석류알같이 올올히 박힌
우리 추억들은
가슴속에 영원히 남을 것이네
추억은 잊혀지는 것이 아니라
추수하는 것일세
쌓아두는 것일세

한 줌 가슴속은 너무나 좁아

꽃 속에도 숨겨두고

바람 속에 감춰두고

별빛에도 채워두고

외로움이 들 때면

그 알곡들을 꺼내어 본다네

꽃이 핀다

바람이 분다

별빛이 내린다

그때에

감추어둔 너를 데리고 온다

세월 지나 마주한 투박한 탁주잔엔

이즈러진 세파가 앉아있는데

한 잔 두 잔 세파를 마시니

어린 시절 네 얼굴이 오고 있구만

부딪히는 술잔에 추억을 타니

아쉬운 정

꽃이 되어 허공에 피어난다

친구야

파뿌리 머릿결이 서러움만 아닐세

이고 지고 온 세월
세월 밭에 뿌려진 게 바람이라면
그 바람 키워온 게 세월이겠지
그 바람은 우리가 물 주고 발길 주고
정성 들여 가꾸어온 행복이 아니겠나

그러니 그 세월도 참 고마운 인연이겠지
훗날 어느 날
멀고 먼 길 떠날 때
그 추억도 함께 가지고 가세나
그리고 우리 살아온
흔적을 모아모아 불을 지피세

세파는 재가 되고
추억은 다시금 너를 불러올 거야
그 속에서
꽃이 나오고 향기가 나올 거야
고운 세상 함께한 우리들의 흔적으로…

친구 **한영섭**
(인간개발연구원 원장)

어릴 때, 함께 놀던 고향 언덕을 떠나 미국으로 가서 개인 사업을 일으킨 기업가 친구 문삼식 회장이 60대 후반의 건재한 모습으로 주변의 소소한 이야기를 묶어 책을 낸다니 반갑기 그지없다.

몇 해 전 나는 『세상의 문을 두드려라』 제하의 책을 낸 적이 있다. 여러 멘토분들께서 추천사를 주셨는데 그중에서도 문삼식 회장에게 추천사를 부탁했었던 적이 있었다. 이번에는 반대로 내가 문 회장 저서에 추천 한마디를 하게 되어 영광이다.

문 회장이 40여 년 전 한국에서 대학을 다니다가 중도에 미국으로 가서 모진 고생을 해가며 공부하던 모습을 미국에 가서 직접 눈으로 봤던 적이 두세 번 있다. 고진감래라고 친구가 젊은 시절 모진 고생 끝에 개인 사업을 성공시키고, 이제 여유를 갖고 글도 쓰고, 여행도 자주 다니는 모습에 부럽기도 하다.

오래 전부터 친구들의 밴드, 카페에 글을 재미나게 써서 보내 주던 것을 친구들이 읽고 참 글을 맵시 있게 잘 쓴다고 칭찬을 많이 했었다. 사업가로 변신한 이후에는 항상 중국, 일본, 한국을 돌아다니며 바쁘게 지내면서도 매년 한상대회 때마다 재미 한인 기업가들과 함께 한국에 나와 친구들과 담소를 나누며 정을 잊지 않고 지냈다.

우리 만남의 절정은 2017년 봄, 문 회장의 제안으로 친구 4명이 스페인 마드리드에서 만나 산티아고 순례길을 걸었던 15일 기간이다. 15일이라는 기간은 어찌 보면 짧지만 함께 고생하며 걷고 순례자의 숙소 알베르게에서 잤던 기억이 42년 동안 자주 못 만난 아픔을 보상해 주고도 남을 정도였다.

봄이면 진달래 따고, 여름에는 한강가에서 미역 감으며, 가을이면 밤을 따서 나누어 먹던 그 옛 시절 그대로….

나이가 육십 대 중반에 이른 사업가가 되어 다들 경제적 사정으로 눈치를 보는 시절이 왔는데도 불구하고 우정이 변치 않는 삼식 친구는 우리 친구 모두가 인정하는 '사나이'로 남아 있다. 산티아고 순례길을 다시 내년에 걷자고 제안하는 문삼식 친구의 속내는 다시 한번 친구들과 마음껏 자연을 즐기면서 친구들의 돈독한 우정의 여정을 하자고 하는 마음일 게다.

오랜 타지 생활엔 어릴 때 친구들의 정이 그리운 법! 그래서 우리 친구들은 삼식 친구가 서울에 왔다고 하면 언제든지 나와 반겨 준다. 이번에 발간하는 책도 우리 친구들과 미국에서 사업상 만난 친구들에게 삼식이라는 정표를 남길 것으로 생각한다.

삶에 웃음 없이
무엇이 남으리오!

권선복
(도서출판 행복에너지 대표이사)

삼식이. 우리가 듣기에 풋 하고 웃음이 나오는 이름입니다. 어딘가 모르게 구수하고, 약간 얼이 빠진 듯하면서도 정겹고 친근감이 느껴집니다.

문삼식이라는 이름을 가진 저자가 인생을 대하는 태도 역시 그렇게 유쾌합니다. 젊은 청년 시절에 미국으로 떠나 정착한 세월의 삶은 분명 녹록치는 않았을 것입니다만, 그의 글 속에 구구절절한 하소연이나 고통스러운 기억은 들어있지 않습니다. 고통은 전부 싱싱한 웃음으로 훌쩍 지워지고 떠나가 버렸습니다.

유쾌한 일상의 단락들을 통해 저자가 주는 '웃음 요지경' 속으로 들어가 보면 모든 것이 재미납니다.

"Why so serious?(심각할 거 뭐 있어? 인생 즐겨봐!)"

과연 그렇습니다. 웃음이 만병통치약이라고 합니다. 그런데 우리는 살면서 진심으로 웃어본 일이 얼마나 됩니까? 웃음을 잃고 사는 사람들이 많습니다.

"우리는 살아가면서 수없이 많은 말을 하고 산다. 의사전달의 핵심인 내용을, 음식으로 비유하면 주식이 되는 셈이고 그 외에 덧붙여져 함께 어우러지는 내용들은 부식이 되는 셈이다. 집에서도 직장에서도 사회에서도 아주 특별한 경우를 제외하고는 주식과 부식은 늘 함께한다. 이렇듯이 말에도 기타 영양식인 부식을 겸함으로서 부드럽고 원활한 의사소통이 되리라 본다. 그중에서 은유적인 유머는 핵심을 고소하게 보조해 주는 참기름 역할을 하여 마음의 여유와 이해의 폭을 넓혀 주기도 한다."

책 한편에 쓰인 이 말이 마음을 울렸습니다. 웃음은 어떤 고난도 이겨낼 수 있게 하는 양념 같은 것입니다.

저자가 풀어내는 유쾌하고 빵! 터지는 일화들을 읽다 보면 어느새 심신에 적당한 온기가 감도는 것 같습니다. 어느새 이야기 속에 동화되면서 이리저리 솟구치는 언어유희에 흠뻑 젖어듭니다. 그러면서도 마냥 웃기지만은 않은 삶의 소소한 교훈이 적당히 녹아 있어 감칠맛을 더합니다.

머나먼 타국에서 이렇듯 미소와 더불어 살아가는 저자의 삶에 박수를 보내며 좋은 친구를 추천하여 주신 인간개발연구원 한영섭 원장님께 감사드리며 독자 여러분들도 이 책을 통하여 일상의 작은 소확행을 건져 가시길 바랍니다. 그리하여 팡팡팡!! 행복에너지가 온몸에 가득 넘치길 바랍니다!

이것이 진정한 서비스다

이경숙 | 값 20,000원

직무를 막론하고 '서비스 정신'이 '필수 요소'로 불리는 지금 이 시대, 버스, 택시 운전기사들에게 요구되는 서비스 정신에 대해서 자세히 다루고 있는 책이다. 버스, 택시 운전승무원들의 자존감을 높여 주는 한편 친절한 서비스 정신은 정확히 무엇이며, 어떻게 승객을 대해야 할지, 그리고 기사와 승객 모두가 행복해지는 win-win의 방법은 무엇인지 자세하게 망라하고 있는 것이 특징이다.

장기표의 행복정치론

장기표 지음 | 값 16,000원

2017년 발간된 『불안 없는 나라, 살맛나는 국민』의 개정판인 이 책은 전 인류의 문제를 해결하기 위해서 과거의 생산-소비적 관점을 과감히 포기하고 '자아실현' 이라는 새로운 관점에서 인간의 행복을 정의해야 한다고 이야기한다. 특히 이윤 추구가 아닌 자아실현을 목표로 하는 시장경제와 그에 걸맞은 사회보장제도를 기반으로 하는 녹색사회민주주의를 주장하는 대목은 노동운동, 민주화운동의 선봉장 역할을 했던 저자의 경륜을 느낄 수 있다.

이승만의 나라 김일성의 나라

박요한 지음 | 값 25,000원

이 책 『이승만의 나라 김일성의 나라』는 이렇게 역동적이면서도 다양성이 강한 대한민국의 근현대사를 하나로 정리하기 위한 맥(脈)이자 구심점으로 대한민국의 초대 대통령, 우남 이승만 박사를 제시한다. 또한 저자 박요한 박사는 이승만 전 대통령을 중심으로 한 대한민국 근현대사 분석을 확장하여 현재 남한, 북한, 미국, 중국, 일본, 러시아 등을 둘러싸고 복잡다기하게 전개되고 있는 동아시아 외교 관계를 분석, 정리한다.

경찰을 말하다

박상융 지음 | 값 17,000원

우리가 미처 몰랐던 경찰 세계에 대한 방향을 제시해 주는 책인 동시에 한때 경찰이 었던 저자가 통렬하게 느끼는 자기반성이 담겨있는 책이다. 사회정의의 최전선을 지키는 일선 경찰들의 애환을 그들의 시선에서 보듬는 한편 '민중의 지팡이'가 민중에게 외면 받는 현실을 환기하고 개선을 촉구한다. 하지만 무엇보다 이 책이 소리 높여 말하고 있는 것은 현장을 지키는 경찰관들에게 가장 불합리한 경찰조직의 근본적 개혁이다.

아름다운 만남, 새벽을 깨우다

장만기 외 59인 지음 | 값 25,000원

이 책 '아름다운 만남, 새벽을 깨우다'는 한국인간개발연구원 창립 45주년을 맞아 연구원을 통해 새로운 인연을 맺고, 자신은 물론 뜻을 같이하는 사람들과의 연결과 발전을 경험한 60명 저자의 인생과 생각, 그리고 시대정신이 담긴 책이다. '인간개발연구원'이라는 이름 아래 모인 다양한 성별, 연령, 직업, 생각을 가진 사람들의 글을 통해 인간개발연구원이 지향하는 사회 비전과 선한 영향력을 한껏 느낄 수 있을 것이다.

조합의 건강이 농어촌의 미래다

정운진 지음 | 값 20,000원

본 도서는 농촌조합에서 근무한 경험을 바탕으로 저자가 느낀 조합의 폐단과 문제점을 생생하게 기록하면서 어떻게 하면 이를 개혁할 수 있을지 역설하고 있다. 잇따라 드러나고 있는 조합의 폐단에 대한 근본적 해결을 위해 전문경영인에게 실질적인 경영을 맡겨야 한다는 게 이 책의 핵심 주장이다. 또한 산재한 각종 단체의 통합과 조합의 농어촌 컨트롤 타워 기능 회복을 통해 농어촌의 발전 청사진을 제시하고 있다.

도서출판 행복에너지의 책을 읽은 후 후기글을 네이버 및 다음 블로그, 전국 유명 도서 서평란(교보문고, yes24, 인터파크, 알라딘 등)에 게재 후 내용을 도서출판 행복에너지 홈페이지 자유게시판에 올려 주시면 게재해 주신 분들께 행복에너지 신간 도서를 보내드립니다.

www.happybook.or.kr
(도서출판 행복에너지 홈페이지 게시판 공지 참조)